Martine Marck

Identité.

Roman

Rachel

Aujourd'hui, maman est morte, ou peut-être hier, je ne sais pas. Camus, L'étranger. Il s'en fout Meursault. Enfin, peut-être pas tant que ça, il dit quand même « maman ». Elle est morte la mienne de mère, hier je le sais, mais je ne peux pas l'appeler maman, juste ma mère. Sur mon état civil, mère : Marjorie Laval. Père inconnu. Inconnu, bon c'est clair et net. Jamais vu, à peine imaginé les jours de déprime. On peut toutefois s'en passer, j'en suis la preuve.

En ce qui concerne la mère, c'est tout autre chose. Je l'ai très bien connue, elle. C'est du moins ce que je me suis imaginé. Ou que j'ai voulu le croire. Je l'ai connue, trop à mon goût. Côté matériel, rien à dire, je n'ai jamais eu les fesses rouges, j'ai toujours mangé à ma faim sous un toit correct. Jamais de coups, jamais d'humiliations, bien habillée et bien éduquée. J'ai même fait des études satisfaisantes. Ça s'arrête là. Dans son regard toujours fuyant, je n'ai jamais trouvé de tendresse. J'étais comme un meuble dont on prend soin, on le dépoussière, on le cire, mais aime-t-on un meuble ? On ne le regarde pas souvent, seulement pour l'entretenir. Il m'a fallu du temps pour m'apercevoir que j'étais totalement inexistante pour ma mère. Peut-on penser, quand on est une petite fille que sa mère n'est pas comme les autres ? Du dehors, rien ne dépassait. Marjorie aurait très bien pu passer pour la mère parfaite, bonne et méritante. Elle élève sa fille toute seule et la petite est toujours impeccable. Rien à redire à ma conduite et à ma tenue. Je ne me souviens pas avoir eu droit à la moindre moquerie ; joliment vêtue, polie, réservée, pas un cheveu qui dépasse, j'étais, moi, l'enfant parfaite. Je perpétuais le mensonge. Rien ne dépassait non plus de ce que je pensais de ce que je ressentais. Hier, ma mère est morte et mes yeux sont restés secs. Je ne pouvais pas pleurer, je ne savais simplement pas. Il n'y avait en moi nul ressentiment vis-à-vis d'elle, nulle joie de la savoir partie, juste l'ennui d'un banal contretemps. J'allais devoir m'occuper des obsèques, des papiers, car j'étais le seul membre de sa famille. Oui, notre famille se composait exclusivement d'elle et moi. Je frissonnais en me disant qu'à présent, il n'y avait plus que moi. J'étais allée récemment à l'enterrement de la grand-mère d'une amie, à un moment le prêtre a dit : la famille, vous pouvez vous avancer. Je peux imaginer la tête du prêtre quand, à l'enterrement de ma mère, il dirait ces mots et qu'il ne verrait que moi m'avancer vers le cercueil. Une seule et unique personne, peut-on appeler ça « famille » ? Je n'ai, d'ailleurs, jamais considéré ma mère comme ma famille. Pour moi, je n'avais pas de famille.

De grands-parents, d'oncles de tantes, de cousins, je n'en ai jamais entendu parler. Mes rares tentatives de questionnement n'avaient jamais eu de réponse. Aucune explication. J'en avais déduit que ma mère était la fille unique d'un couple décédé ou même qu'elle n'avait jamais eu de famille. Ma mère ne me parlait jamais non plus de son enfance, de sa vie avant moi. Il est vrai qu'elle ne me parlait pas beaucoup et avait le don d'esquiver toute sorte de tentatives de ma part pour la faire parler.

De quoi parlait-on alors ? Je ne m'en souvenais plus. De banalités, des mots qu'on pourrait dire à n'importe qui, à des inconnus, à des étrangers. Nous parlions-nous vraiment ? J'ai plus de souvenirs d'heures de lecture dans la solitude de ma chambre que de conversations avec ma mère. Je ne sais rien d'elle, en savait-elle plus de moi ?

Voilà, j'étais à présent seule au monde. Ça pourrait sembler terrible à n'importe qui, mais pas à moi. Ça ne changerait pas grand-chose à mon existence. J'avais toujours connu la solitude et j'étais indépendante matériellement depuis un bon moment déjà. Je n'avais plus de mère c'était tout. Je me demandais comment je me serais sentie à ce moment si j'avais eu une mère comme les autres. Je me serais effondrée, j'aurais l'impression d'une profonde déchirure dans le cœur, le sentiment qu'une partie de moi était morte, que jamais je ne m'en remettrais. J'essaie d'imaginer en me remémorant mes lectures sur le sujet. En tout cas, je ne ressentais rien de tout cela. Si je fumais, je ferais comme Meursault, si j'avais un homme dans ma vie, j'irais faire l'amour avec lui. Je ne pense tout de même pas que j'irais tuer quelqu'un. Je vais seulement faire ce que j'ai à faire. Encore faut-il savoir ce que l'on doit faire quand une personne de votre entourage décède. Je ne m'y attendais pas sinon je me serais renseignée avant. Il ne me reste plus qu'à consulter internet. Je sais que je vais devoir prendre des décisions : enterrement ? Crémation ? Église, pas église ? Je ne pense pas que ma mère ait laissé des directives, ce n'était pas son genre. Et puis, elle ne devait pas s'attendre à mourir, elle était trop jeune pour ça. Elle n'avait pas encore fêté ses quarante ans. Je dis ça, ce n'est qu'une expression, ma mère n'a jamais rien fêté. Rupture d'anévrisme foudroyant.

Depuis que je vivais seule, je l'appelais de temps en temps. C'était plus ce que je considérais comme un devoir qu'un besoin réel. J'avais toujours l'impression de la déranger. L'échange était surtout à sens unique. Je me voyais obligée de parler sans savoir si elle m'écoutait vraiment. Elle se contentait de banalités en retour. Jamais elle ne me parlait de sa vie. C'était toujours elle qui raccrochait après un au revoir sec. Jamais un seul mot affectueux. C'est fou ce que l'on peut se donner de contraintes inutiles. Jamais elle ne m'appelait. Rien ne passait entre nous, je faisais seulement comme si. Envie d'un changement soudain et miraculeux, culpabilité indéfinie venue de je ne sais où. Je préférais ne pas cogiter sur les raisons qui me faisaient agir ainsi. Jamais ma mère ne m'a fait le moindre reproche, même pas celui d'être là. Pourtant je le devinais, je le ressentais. Si elle l'avait verbalisé, j'aurais eu de la colère, je me serais révoltée, j'aurais ressenti quelque chose au lieu de cette indifférence dans laquelle je m'étais installée. Je répondais à son indifférence par la mienne. Ces coups de téléphone n'étaient qu'un relâchement ponctuel de la mienne.

Ai-je souffert de cet état de choses ? Je ne saurais le dire. Toutefois, je n'ai jamais donné l'image d'une enfant traumatisée. Du moins, jamais personne n'a détecté ça chez moi. Ce n'est que bien plus tard que j'ai pris conscience que quelque chose n'allait pas très bien chez moi. Je n'avais pas de véritable amie, encore moins d'amis, tout juste des copines que je n'invitais jamais à la maison. Ma mère ne me l'a jamais interdit, mais inconsciemment, je ne voulais pas qu'elles connaissent l'atmosphère étrange qui régnait chez moi. Je trouvais aussi toujours un prétexte pour ne pas aller chez elles. Aucune n'a jamais beaucoup insisté. À la période des flirts, toutes les filles ne pensaient qu'aux garçons, c'était le sujet de conversation récurent. Je n'y participais pas. J'ai subi quelques moqueries, mais pas tant que ça. Lorsque je les entendais évoquer leurs émois, leurs envies, leurs délires, je ne comprenais pas. Quand on n'a jamais su ce qu'est l'amour ou même l'affection, c'est très difficile à imaginer. L'amour d'une mère est le premier que l'on connaît, son affection est la base de nos sentiments futurs, il fait battre notre cœur dès le début de la vie. Je n'ai jamais senti le mien battre. Je dois dire, sans me vanter que je suis plutôt jolie, comme ma mère qui était une très belle femme : grande élancée, beaucoup de charme et une blondeur tout à fait naturelle. Elle portait à peine quelques marques du temps qu'elle parvenait très bien à cacher sous un maquillage presque invisible. Je ne l'avais plus vue très souvent depuis quelque temps, mais je suis certaine qu'elle n'avait pas changé. Oui, je n'ai pas à me plaindre de mon apparence. Il est donc arrivé un moment où je me suis mise à plaire à la gent masculine. J'en fus la première étonnée. J'ai cru longtemps que ces garçons qui sollicitaient mon attention se moquaient de moi. C'était très difficile pour moi. Je ne savais pas comment les décourager. Je n'ai jamais pu supporter de faire du mal à qui que ce soit. Lorsque je parvenais à éloigner mon soupirant, sans le peiner, sans le vexer, tout allait bien, mais quand je devais me montrer plus ferme et que sa virilité se sentait offensée, je me sentais très mal. J'avais beau essayer de me convaincre que je n'y étais pour rien et que je n'avais rien fait pour être désignée comme objet de convoitise, je me sentais tout de même coupable. Au fil du temps, ma réputation ayant été faite, je devins la forteresse inatteignable et tous les mâles de mon entourage me laissèrent en paix. Pour être honnête, je n'en vois pas un qui aurait pu vouloir mourir pour moi et c'était très bien ainsi. Puisque ma mère ne m'avait jamais aimée, c'est que je n'étais pas aimable. Je ne savais pas comment l'être. Ils n'avaient que de l'attirance pour mon corps et, même ça, je ne pouvais pas leur donner. Si je ne les aimais pas, je m'aimais encore moins moi-même, corps compris.

Pour le plus grand bonheur des copines qui comptaient une rivale de moins. Aujourd'hui, j'ai vingt-quatre ans, je suis seule, absolument seule. C'est ce que j'ai toujours été. Je ne sais pas si je le regrette, c'est comme ça, c'est tout.

Je n'ai pas voulu aller voir une dernière fois le corps de ma mère à l'hôpital où elle avait été transportée, elle s'était écroulée au travail. Je n'éprouvais pas le besoin de la voir lorsqu'elle était vivante, pourquoi l'aurais-je eu maintenant qu'elle était morte ? J'ai eu sa collègue de travail au téléphone. Elle s'était crue obligée de m'appeler, sans doute croyait-elle devoir le faire pour me réconforter. Elle croyait bien faire, elle ne connaissait pas nos relations particulières, ma mère était une experte en dissimulation. Elle m'exhortait à aller me recueillir une dernière fois auprès d'elle, elle disait que si je ne le faisais pas, je le regretterais. Pour me débarrasser d'elle et tarir les éloges qu'elle faisait sur cette femme qui avait été ma mère, je lui ai promis que j'irais. J'ai décliné poliment son offre de m'accompagner. Je n'irais pas, bien sûr ! J'ai dû tout de même me rendre dans un établissement funéraire, ils m'ont assuré qu'ils prendraient tout en charge, je devais seulement choisir un cercueil, décider du déroulement de la cérémonie et leur fournir les papiers nécessaires. C'était bien compliqué. Dans le doute, j'ai choisi la crémation. Pas question de cimetière à visiter ! En ce qui concernait la cérémonie, j'ai opté pour la plus simple possible et pas question de religion : ma mère ne croyait en rien. Elle m'avait tant répété que s'il y avait un Dieu, il l'avait toujours ignorée. Je ne sais pas ce qu'elle voulait dire par là. Elle disait encore : Dieu c'est pour ceux qui espèrent. Elle n'espérait plus du tout. Tout fut réglé très rapidement. Il ne me restait plus qu'à me rendre chez elle pour récupérer les papiers demandés. Depuis que j'avais pris mes distances avec elle, elle avait déménagé dans un plus petit appartement près de l'entreprise où elle travaillait.

Je n'étais allée chez elle qu'une seule fois, je ne me souviens même plus de la raison pour laquelle elle m'avait demandé de passer. Peut-être pour lui porter quelque chose dont elle avait besoin. Elle ne me sollicitait jamais, ça devait être quelque chose d'important, pour elle, mais non pour moi puisque je ne m'en souvenais plus. Ma visite n'avait pas duré très longtemps, je n'avais même pas eu droit à la visite guidée des autres pièces que la salle de séjour où nous nous étions entretenues de quelques banalités. Je n'en gardais qu'un très vague souvenir. À l'idée d'envahir l'espace de vie de ma mère, je ressentais une sorte d'angoisse. Je m'étais toujours sentie de trop dans sa vie, je serais aussi de trop dans son habitation. Elle m'avait toujours tout fermé d'elle, j'avais donc l'impression de violer l'intimité d'une étrangère. C'est tout juste si je ne craignais pas l'intervention de la police. Le temps pressait, les obsèques devaient avoir lieu dans deux jours, je n'avais plus le temps de tergiverser. J'ai pris mon courage à deux mains.

L'hôpital m'avait remis ses effets personnels. Il y avait son sac à main, son manteau et ses chaussures. Ils avaient dû laisser ses vêtements sur elle. J'ouvris le sac qui ne contenait pas grand-chose, un trousseau de clés, un portefeuille avec ses papiers : carte d'identité, permis de conduire et diverses cartes de fidélités de magasins. Il y avait aussi une petite trousse de maquillage et un étui de Kleenex. J'en ai vite fait le tour. J'avais remarqué que le sac et le portefeuille étaient de très bonne qualité, mais il y avait très peu d'argent liquide, à peine une trentaine d'euros. J'ignorais totalement l'état des finances de ma mère. Je n'avais jamais été privée, cependant notre train de vie était très modeste. Elle ne me refusait jamais rien, car je ne demandais jamais rien.

J'avais pris congé pour cet après-midi, je savais que cette visite à l'appartement de ma mère serait une épreuve et que j'aurais besoin de temps pour m'en remettre. Je n'avais pas déjeuné, ma gorge était tellement nouée que rien n'aurait pu passer. J'ai préféré prendre le bus, je ne me sentais pas en état de conduire. J'ai dû faire cinq cents mètres à pied. Quand je suis arrivée devant l'immeuble, une femme en sortait. Elle m'a regardée d'un air suspicieux. Je ne sais pas pourquoi, je me suis sentie obligée de lui dire que j'étais la fille de Marjorie Laval du troisième. Elle ne s'est pas étonnée de ne m'avoir jamais vue, le regard suspicieux est devenu compatissant.

- J'ai appris pour votre pauvre maman. Je suis désolée, mourir si jeune et elle était si belle. Vous devez être très affectée. Si je peux vous aider, n'hésitez pas. Je connaissais bien votre maman, une femme si gentille et toujours prête à rendre service. Tout le monde l'aimait bien dans l'immeuble.

Elle ne s'étonnait toujours pas que cette femme si gentille n'ait jamais parlé de sa fille et n'ait jamais reçu sa visite. Je ne voulais surtout pas éclaircir ce mystère. Tout le monde aimait ma mère ! C'était certainement le fait qu'elle soit morte qui la parait de cette qualité aux yeux de sa voisine. C'est bien connu, les morts ont toujours été des gens parfaits. Elle ne m'a rien demandé sur moi. J'ai marmonné un vague merci, je ne savais pas non plus ce que l'on pouvait dire dans ces cas-là. J'avais craint un instant qu'elle m'invite à boire un café ou une boisson revigorante puisque j'étais censée être atterrée par la mort de ma mère. Elle ne l'a pas fait. Dieu merci, elle est partie non sans renouveler son offre d'aide. C'était bizarre de voir comment les femmes de l'entourage de ma mère, sa voisine, sa collègue de travail pensaient que j'avais besoin d'aide. C'est vrai que, selon elles, j'avais perdu une maman gentille et tant aimée.

Lorsque j'ai déverrouillé la porte, je me suis sentie plus intruse que jamais. Personne ne m'accueillait, rien que le droit me permettait d'entrer. Cet appartement n'avait rien de chaleureux, rien de luxueux. L'immeuble était très correct dans un quartier propre et bien peuplé, sans plus. Lorsque je regardais autour de moi, je ne voyais que peu de meubles, tous modernes, de bon goût, mais loin d'être coûteux. Une décoration minimaliste, un ordre parfait. Je me voyais dans un magasin de meubles. Pas d'âme, rien de personnel. Pas de tableaux, pas de photos, pratiquement aucun bibelot, seulement des lampes fonctionnelles, je reconnaissais bien là ma mère. Il n'y avait absolument rien de l'appartement où j'avais vécu avec elle. Elle avait tout bazardé et acheté du neuf. Avec mes souvenirs d'enfants, elle m'avait rejetée sans hésitation. On sentait encore l'odeur du vernis récent. Les teintes étaient neutres, absolument rien qui puisse donner l'envie d'en faire son refuge. Par réflexe, j'ai ouvert le réfrigérateur, il était presque vide. Je n'ai pas eu grand-chose à jeter. Par contre, le petit meuble qui servait de bar était bien rempli. Je doutais fort que ma mère invite souvent, elle s'était mise à boire. À moins qu'elle ait toujours bu, mais était assez habile pour le cacher. En tout cas, je n'avais jamais rien remarqué dans ce sens. Je suis passée à sa chambre, toujours aussi impersonnelle. Lorsque j'ai ouvert le dressing, les tenues étaient parfaitement rangées par couleurs et par saisons, méthode et rigueur, ma mère aurait pu passer pour une maniaque. Tout ranger, tout aligner, tout maîtriser. Rien là non plus d'extravagant, juste de la bonne qualité. J'allais devoir aussi contacter sa banque, peut-être aussi un notaire, je devais me renseigner.

J'ai cherché dans quoi elle devait ranger ses papiers, livret de famille, contrats ou autres. Tout au fond de la penderie, j'ai découvert une petite mallette, ça devait être ça. Je suis restée longtemps avant de me décider à l'ouvrir. J'étais terrorisée à l'idée de ce que je pourrais découvrir. Je m'étais habituée au mutisme de ma mère, j'avais renoncé depuis longtemps à connaître ce qu'elle me cachait. Tout était peut-être là dans cette mallette. J'ai dû me répéter plusieurs fois qu'elle était morte. Elle n'allait pas surgir derrière mon dos pour me dire : « ça ne te regarde pas ! ». C'est, les mains tremblantes que j'ai ouvert la boîte à secrets. Je ne sais pas à quoi je m'attendais. La valisette était à moitié remplie. Des documents relatifs à cet appartement – elle en était propriétaire-, des dossiers d'assurance, appartement, voiture, un passeport périmé, un livret d'épargne. Pas la moindre photo. Dans le passeport, une fiche d'état civil sur laquelle je figurais. C'est tout ce qui me reliait à elle. Même morte, ma mère demeurait toujours aussi impénétrable. Qui ne conserve pas des photos, des lettres, des babioles gardées en souvenir ? Des bribes de passé qui auraient pu m'ouvrir les portes de son univers, rien, absolument rien, je restais, comme toujours sur le seuil. Il y avait aussi, tout au fond une petite clé. Je ne savais pas ce qu'elle pouvait ouvrir. J'ai pris tout ce dont j'avais besoin. J'ai téléphoné immédiatement au notaire qui figurait sur l'acte d'achat de l'appartement afin de lui demander un rendez-vous. Il me donnerait tous les renseignements au sujet de la succession. J'avais fait ce que j'avais à faire, j'ai quitté les lieux avec soulagement. Je n'étais pas triste, on ne pleure que sur ce que l'on a perdu. Je n'avais rien perdu puisque je n'avais jamais rien eu de cette femme qui avait pourtant été ma mère. En sortant, j'ai ouvert la boîte aux lettres, des publicités, des catalogues et, au milieu, une lettre manuscrite. Au dos, un nom qui m'était totalement inconnu. Je l'ai mise dans mon sac après avoir jeté tout le reste à la poubelle. Je la lirais plus tard, ou jamais. J'étais trop troublée pour prendre la moindre décision. J'avais eu mon compte. J'avais besoin de calme pour me préparer aux obsèques. Après, je pourrais tirer un trait sur tout ce qui était mon passé. J'étais encore jeune. À moi de m'inventer une vie.

Simon

Depuis toujours, j'ai eu l'impression que je n'avais pas ma place dans le monde. Je veux dire, le monde des vivants, le monde de ceux qui vivaient autour de moi. Je sais, cela peut paraître étrange ou je m'exprime mal, ce n'était pas très clair pour moi non plus. Tout petit, je m'imaginais que je n'étais pas un vrai enfant, que je venais d'un autre univers et qu'on m'avait donné cette apparence pour que je puisse vivre parmi les humains. Je n'ai jamais dit ça à personne. N'allez surtout pas croire que j'étais un enfant malheureux, dépressif. J'avais une famille aimante, des camarades, des amis, je m'amusais, je riais comme les autres enfants. De l'extérieur, rien ne me différenciait des autres gamins.

Dès mon plus jeune âge, du moins aussi loin que je m'en souvienne, j'ai toujours su que j'avais été adopté. Ça ne m'avait jamais gêné. J'aimais, j'admirais mes parents comme si j'avais été leur enfant naturel. Je n'aurais pas pu espérer mieux qu'eux. Je ne l'avais jamais caché à mes camarades. J'avais, bien sûr droit à des questions du genre : « tu es sûr que tes parents t'aiment comme si tu étais leur propre enfant ? ». Je ne pouvais pas répondre puisque je n'avais jamais été le propre enfant de personne ; ou alors : « tu ne sais vraiment pas qui étaient tes vrais parents ? ». Non, j'étais un enfant né sous X. C'est ce qu'on m'a dit, plus tard quand j'ai été en âge de comprendre ce que c'était. Plus jeune, mes parents adoptifs m'avaient simplement dit que mes vrais parents ne pouvaient pas s'occuper de moi, qu'eux ne pouvant pas avoir d'enfant, on m'avait confié à eux. Ils ne savaient pas qui étaient mes géniteurs ni pourquoi ils n'avaient pas pu me garder. Mes parents adoptifs ne m'ayant jamais menti, je pouvais les croire. J'ai donc grandi comme les autres sans problème.

J'avais seulement, tout au fond de moi ce sentiment tenace qui se faisait oublier très longtemps, mais réapparaissait parfois subitement. Je faisais tout pour l'oublier, mais il restait tapi au fond de moi sans que je ne puisse rien y faire. Je n'ai pas eu d'adolescence difficile, je n'avais aucune raison d'entrer en rébellion contre ma famille. Je n'avais pas de personnalité à construire, je doutais d'en avoir une un jour. Quand j'entendais certains de mes camarades dire : « ce n'est pas possible, je ne suis pas le fils de mon père, ou de ma mère ! », je riais. Moi, je n'étais le fils de personne, le fils de X. Je n'avais qu'à me couler dans le moule puisque j'avais été parachuté là. Rien n'était la faute de ce monde et encore moins celle de mes parents qui avaient fait tout ce qu'ils pouvaient pour moi. J'étais bien étranger à tous les tumultes de l'adolescence. C'était un truc d'humain. Mon ami Mathieu m'avait dit un jour : « je te trouve étrange, on dirait que rien ne te touche. Tu es toujours cool, tu ne t'énerves jamais, je ne sais pas comment tu fais ! ». Je ne pouvais pas lui dire que tout m'était indifférent puisque je n'étais pas de ce monde.

J'ai eu une période où je me complaisais dans l'introspection. Je voulais savoir pourquoi je ne me sentais pas comme tout le monde. Ce n'était pas le fait d'avoir été adopté, je n'étais pas le seul enfant dans ce cas. Un autre de mes camarades avait été adopté, et il était noir. Il aurait pu avoir encore plus l'impression que moi d'être particulier, seul enfant de couleur dans notre école de blancs. C'était autre chose de plus profond et qui n'avait rien à voir avec ma famille adoptive. Peut-être avec mes racines inconnues !

Ma mère quand elle me voyait perdu au fond de ces pensées qui m'accaparaient, me parlait longuement de l'amour que mon père et elles me portaient. Je l'assurais que je n'en avais jamais douté et que je les aimais aussi. « Tu peux tout me dire », me répétait-elle. Non, je ne pouvais pas, car je ne comprenais pas et je n'aurais jamais pu trouver les mots pour traduire cet état d'âme. Ils étaient désolés, car, en parents aimants, ils avaient toujours redouté que mon adoption ne me rende malheureux. Surtout le fait de ne rien savoir sur mes géniteurs. Ils avaient tort. Je n'avais aucune tendance suicidaire et encore moins le goût du malheur. Je vivais avec ce mal-être, ces efforts pour essayer de lui donner un nom, comme avec une seconde nature, comme on peut vivre avec une infirmité quelconque. C'est comme ça que j'interprétais mon état quand je suis parvenu à un stade de maturité qui me permette de trouver des mots. Il me manquait quelque chose pour me sentir en accord avec le monde et les êtres qui m'entouraient. Je ne sais rien de mes racines, c'est un fait. J'ai entendu des tas d'histoire sur des enfants nés sous X et qui n'ont de cesse d'enquêter pour retrouver leurs parents biologiques. Je n'en avais nulle envie. Je n'essayais même pas de les imaginer. Je voulais avoir été créé de toute pièce sans intervention humaine. C'est complètement idiot, me direz-vous, je n'y pouvais rien, c'était comme ça ! Pour moi, le X, c'était l'inconnue, non pas une inconnue comme mère, mais l'inconnue au sens mathématique qui peut-être n'importe quoi. Ne me dites pas non plus que même Jésus-Christ est né d'une femme, je sais j'étais irrationnel.

Cependant, le destin m'attendait au tournant.

Rachel

J'avais complètement oublié cette lettre. Comme beaucoup de femmes, je traîne une immense besace dans laquelle j'entasse tout ce qui me tombe sous la main et qui pourrait me servir. Je dois fouiller souvent plusieurs minutes avant de trouver mes clés, ma carte de crédit ou mes papiers. Inutile de vous dire que des enveloppes, il y en a : relevés de banque, avis divers et peut-être même des lettres. J'ai des connaissances, des collègues de travail, à défaut d'amis. Je me promets toujours de faire un tri là-dedans, la scoliose me guette, mais je n'en trouve jamais le temps, ou l'envie. Là, j'étais trop occupée pour le faire : les obsèques, le rendez-vous chez le notaire, j'avais d'autres chats à fouetter que de ranger mon sac. Quand je l'avais précipitée dans les abysses de mon grand sac, la lettre était bien partie pour y rester longtemps.

Les obsèques se sont déroulées, rien à ajouter. Nous étions une demi-douzaine de personnes, des collègues de ma mère, sa patronne, deux voisines et moi. Nous ne risquions pas de surpeupler l'espèce de chapelle dans laquelle se déroulait la cérémonie de la crémation. Toutes ces personnes, que des femmes, pas un seul homme - tiens, maintenant que j'y pense, je n'ai jamais vu un seul homme dans la vie de ma mère - n'ont pas eu l'air trop surprises de ne pas me voir pleurer. Je n'ai pas non plus remarqué de larmes chez l'une d'elles. À la fin de ce simulacre de messe, on m'a remis l'urne dans laquelle étaient, je suppose, les cendres de ma mère. L'homme chargé de ce don m'a présenté, lui aussi, ses condoléances aussi commerciales que celles des autres m'avait paru de convenance. Sans doute cela faisait-il partie de la chose, car il n'avait jamais rencontré ma mère et ne pouvait donc pas déplorer sa perte. En me confiant l'urne, l'homme avait précisé que je pouvais répandre les cendres dans un coin autour du crématorium appelé jardin du souvenir. À moins que je n'aie dans l'idée un autre endroit cher à la défunte. Je ne pouvais pas lui dire que je n'avais aucune idée d'un endroit qui aurait pu être cher à cette femme. En vivant avec elle pendant des années, je n'avais jamais rien su d'elle. Je pouvais aussi garder cette urne près de moi, dans mon appartement. Hors de question ! Ma mère chez moi, même en cendre ! Je n'aurais jamais pu le supporter. Il ne me restait donc que l'option du jardin du souvenir. Je m'exécutais donc le plus rapidement possible et je tâcherais d'oublier tout ça.

Restait le notaire ; j'avais eu un rendez-vous assez rapidement. Je n'avais jamais eu l'occasion de me rendre chez un notaire, bizarrement j'étais intimidée. L'homme me reçut très chaleureusement, il avait certainement peur que j'éclate en sanglots. Il ne risquait rien le pauvre. Il ne se crut pas obligé de me présenter des condoléances. Il était certainement très psychologue et il avait vu en moi la fille ingrate qui ne pleure pas sa mère. Il resta néanmoins très courtois. Droit au but. Pas de testament, je m'en doutais, on ne fait pas son testament à trente-neuf ans, surtout quand on n'a pas de conjoint et un enfant unique. J'héritais de l'appartement, de quelques placements en plus du livret d'épargne. Une coquette somme, mais pas assez pour me dispenser de travailler. Pendant que j'y étais, je lui ai demandé de s'occuper de vendre cet appartement au plus vite et m'en trouver un à acheter. Je ne voulais pas aller vivre là où elle avait vécu. Il y avait longtemps que j'avais tiré un trait sur ma mère. Tout ce qui pouvait encore me rattacher à elle allait disparaître. J'avais même pensé à donner l'argent à des œuvres de bienfaisance, mais j'en avais besoin et il avait été gagné honnêtement, je le savais. Et puis je n'avais jamais haï ma mère, je ne l'aimais pas c'est tout, je garderais donc cet argent et j'en ferais bon usage. Il n'avait aucune idée de ce que pouvait ouvrir la clé que j'avais trouvée dans la mallette de ma mère. Il suggéra toutefois que ça pourrait être la clé d'un coffre en banque. J'aviserais plus tard.

C'est tout à fait par hasard que, lors d'une exploration dans mon immense besace, je suis retombée sur cette lettre. Mon premier réflexe a été de la jeter à la poubelle. Ma mère n'étant plus là, elle n'avait plus aucune importance ; un reste de bonne éducation m'a soufflé que ce serait peut-être poli de prévenir son expéditeur que ma mère n'y était plus. Un coup d'œil me fit connaître cet expéditeur qui avait mis son nom et son adresse au dos de l'enveloppe. Il s'agissait d'un certain Simon Pelletier résidant à Strasbourg. Il m'était totalement inconnu et je n'avais jamais mis un pied dans cette ville. Ne sachant rien du passé de ma mère, il se pouvait qu'elle ait des liens avec cette ville, la lettre m'en dirait sans doute plus. Depuis toujours nous avions vécu à Nantes. Simon Pelletier, c'était un homme. Ma mère se serait-elle inscrite sur un site de rencontre ? Je n'avais jamais connu de relation masculine à ma mère. J'en avais conclu qu'elle avait certainement dû avoir un traumatisme quelconque, mon père peut-être, qui l'avait dégoûtée à tout jamais des hommes. Je m'étais posé la question plusieurs fois. Elle était jeune, belle et si seule. Qu'est-ce qui ne fonctionnait pas chez elle ? J'ai pensé aussi qu'elle pouvait être lesbienne, je ne voyais pas non plus de femmes dans sa vie. J'ai tourné et retourné cette lettre entre les mains avant de de l'ouvrir. Cette volonté qu'avait ma mère de cacher sa vie intime m'avait marquée. J'éprouvais une grande répugnance à prendre connaissance de cette lettre qui lui avait été adressée.

En lisant les premiers mots, j'ai été rassurée.

Madame,

Je m'adresse à vous avec espoir. Vous ne me connaissez pas et je vous demande de bien vouloir m'excuser de vous importuner. Je ne le ferais pas si ce n'était pas aussi important pour moi.

Il était très poli, ce monsieur, un bon point pour lui.

Je vous explique le pourquoi de ma lettre. J'ai actuellement de très graves ennuis de santé. Je suis en phase avancée d'une leucémie. Je n'ai que 23 ans. La seule possibilité de m'en sortir est de bénéficier d'un don de moelle osseuse. Je suis donc à la recherche d'un donneur compatible. J'ai été adopté, né sous X, je n'ai donc pas de famille naturelle. Après avoir demandé une recherche ADN à des laboratoires privés, j'ai été mis en relation avec un très lointain cousin. Malheureusement, les proches de ce monsieur n'ont pas permis de donner un donneur compatible. Ils ont tous été formidables et ont accepté immédiatement de faire les tests. Par chance, ce cousin lointain était passionné de généalogie ; il m'a fait parvenir une copie de ses recherches. Sur son arbre généalogique, j'ai trouvé votre nom. Il se pourrait que nous ayons des liens génétiques. Je me permets donc de prendre contact avec vous pour essayer d'en savoir plus.

En espérant que vous voudrez bien m'aider dans mes recherches de donneur compatible. Je vous en remercie par avance.

Simon Pelletier.

Bon sang, de quand date cette lettre ? Deux semaines. Il n'est pas encore mort ! Je vais chercher sur les réseaux. Si je peux le joindre très rapidement. Je peux peut-être faire quelque chose pour lui. Encore que… De famille génétique, de ce que je sais il n'y a plus que moi. Si je ne le trouve pas, je lui écrirai, mais ça prendra plus de temps. Il semblerait que, pour lui, le temps soir compté. Je me demande ce qu'aurait bien pu lui répondre ma mère. Elle était ce qu'elle était, pas très ouverte et ne faisait preuve que de très peu de sentiments pour ne pas dire pas du tout, mais je ne pense tout de même pas qu'elle aurait laissé mourir un garçon de vingt-trois ans sans essayer de l'aider. Elle était au moins honnête et avait le sens du devoir à défaut de sentimentalisme. Des questions se pressaient en foule dans ma tête. Qui était ce cousin lointain et qui pouvait bien être ce Simon pour moi ? Qui avait-il d'autre sur cet arbre généalogique, mes grands- parents ? Ce Simon avait ouvert la porte à une curiosité que j'avais refoulée depuis si longtemps. Je mesurais à l'instant l'étendue de ma solitude alors que j'avais peut-être des cousins, des oncles, des tantes. J'avais toujours fait comme si ça n'avait pas d'importance pour moi à cause de ma mère. Je n'avais pas la force de forcer cette porte verrouillée qu'elle m'opposait. Je pensais que je n'avais pas le droit d'insister. Je ne sais pas au juste ce que je pensais, c'était confus, alors je faisais semblant d'être indifférente. C'était le plus simple pour moi. J'avais souvent vu, quand je posais des questions à ma mère, une lueur dans son regard qui me faisait peur. Avais-je peur pour elle ou pour moi ? Je préférais ne pas répondre à la question.

Simon, lui, avait été adopté, il était né sous X, il était dans le même cas que moi. Il ne savait rien de son ascendance.

Avait-il essayé de savoir d'où il venait ou était-ce seulement la maladie qui l'avait contraint à le faire ? Je ne manquerais pas de lui demander. Je regrette aujourd'hui ma lâcheté.

Je me suis précipitée sur mon ordinateur. J'ai trouvé plusieurs Simon Pelletier, un nom somme toute assez commun. J'ai commencé par éliminer tous ceux qui n'habitaient pas Strasbourg, tous ceux qui étaient plus âgés. Il en restait deux. Je leur ai envoyé un message privé, leur demandant s'ils avaient essayé de joindre Marjorie Laval. Si oui, il était urgent qu'ils entrent en relation avec moi. Par discrétion je n'ai pas parlé d'autre chose.

La réponse ne s'est pas fait attendre. L'un des deux était le bon. L'autre n'a même pas répondu. Comme je n'ai qu'une confiance très relative dans les réseaux sociaux, je lui ai donné mon numéro de téléphone pour qu'on puisse se parler directement. Il a appelé immédiatement. J'ai tout de suite aimé sa voix, volontaire et claire. J'avais craint un moment de tomber sur un malade très atteint, il n'y paraissait rien dans son discours. J'ai dû lui annoncer le décès de ma mère et lui expliquer pourquoi j'avais mis du temps à le contacter. Je lui ai tout de suite demandé comment il allait, je me sentais tellement coupable. Pour le moment, il n'allait pas trop mal, le traitement qu'il subissait freinait la maladie, mais ce n'était qu'un sursis. Il avait déjà subi une autogreffe qui avait semblé marcher dans un premier temps, ça n'avait été qu'un répit. Les résultats de ses analyses n'étaient guère encourageants. Il me demanda si j'accepterais de me soumettre à des tests, si j'avais des frères et sœurs. Sur l'arbre généalogique du cousin lointain, ma mère était le dernier maillon d'une chaîne. Le cousin n'avait pas poussé plus loin ses recherches. C'était trop éloigné de lui. J'ai bien sûr accepté de faire un test, mais j'ai dû le décevoir en ce qui concernait de la fratrie éventuelle. J'ai dû aussi lui parler de ma relation avec ma mère, du fait que je ne connaissais rien sur sa famille. En ce qui concernait ce côté de la branche, j'étais le seul rameau. Nous ne savions pas quel pouvait être notre degré de parenté. Il était certainement déçu, je n'y pouvais rien. Il m'a demandé alors si je l'autorisais à faire des recherches sur les parents de ma mère, sur des oncles, des tantes, des cousins germains. Je n'y voyais aucun inconvénient, j'étais même partante afin d'en savoir un peu plus sur d'où je venais. Il s'étonnait de ma passivité jusqu'alors. S'il avait connu ma mère, il ne se serait pas étonné. Il m'a proposé de me tenir au courant de l'avancée de ses recherches. J'ai accepté, bien entendu. Je n'avais pas l'intention, ni même l'envie de le faire moi-même, je restais toujours sur cette impression de peur. Il fut convenu que je monterais à Strasbourg pour les tests. Puis, nous avons fini par des échanges plus personnels. Je me sentais beaucoup d'affinités avec lui. Il avait juste un an de moins que moi. J'avais de plus en plus l'impression que nous nous étions toujours connus. Sans doute cette sensation que nous ne savions pas ce que nous faisions là, que nous avions ressentie tous les deux, nous rapprochait.

Simon

Le verdict est tombé : lymphome. À vingt-trois ans, vous pouvez imaginer le gouffre dans lequel je me suis trouvé précipité. Je commençais tout juste ma vie professionnelle. J'avais toujours rêvé d'être enseignant et j'adorais la littérature. Je venais de terminer un master de lettres et j'avais postulé pour un poste de professeur remplaçant dans l'optique de passer le CAPES l'année suivante. Tout tombait à l'eau. J'allais devoir passer le plus clair de mon temps dans les hôpitaux. J'aurais, certes le temps de lire, mais ma vie serait en suspens. Mes parents faisaient tout ce qu'ils pouvaient pour me soutenir, mais ils étaient effondrés et les efforts qu'ils faisaient pour cacher leur désarroi étaient dérisoires. Mon corps me lâchait. Plus que jamais, mes vieilles idées me taraudaient. Ce n'était pas mon corps, c'était un corps qu'on m'avait fourni et qui se révélait de bien piètre qualité. Pourtant, je n'avais que celui-là ! D'où je venais on ne m'avait pas gâté en m'introduisant dans ce corps qui ne serait pas fichu de me garder en vie jusqu'à mes vingt-cinq ans. Je ne me faisais plus guère d'illusions. Certes, j'allais me battre, mais je ne connaissais rien de l'art de la guerre, j'ai toujours été un pacifiste convaincu. Et puis, la volonté suffira-t-elle ? Surtout quand on est comme moi, un être de nulle part.

Ils se sont relayés pour m'expliquer. Je les écoutais très poliment, j'essayais même de comprendre, mais, au fond de moi, une voix se faisait entendre qui me disait : à quoi bon ? Ils disaient : ne vous en faites pas il y a des solutions.

Des solutions pour sauver ce personnage qui est moi sans l'être. Je ne sais déjà pas qui je suis et ils prétendent pouvoir me venir en aide. Ils disaient encore : on a fait beaucoup de progrès avec de très bons résultats. Vous pouvez nous faire confiance, on va vous tirer de là.

Je voulais bien leur faire confiance, avais-je le choix ? Enfin, ça ne me coûtait rien. La petite voix me disait encore : peut-être que quand la maladie aura tout ce corps, je renaîtrai en sachant vraiment ce que je fais dans cette vie.

Ils me parlaient comme à un enfant qu'il faut rassurer quand il a peur dans le noir. Avais-je peur ? Certainement, je n'étais pas sûr d'être ce que j'étais, ça ne voulait pas dire que je désirais mourir. Et je n'avais pas eu encore le temps de mesurer ce qui allait vraiment m'arriver dans les prochains mois, je pensais que la peur allait venir avec le temps. Pour le moment, je ne pouvais que regretter tout ce que je ne pourrais pas faire dans les jours, les mois à venir. Ils parlaient toujours : dans un premier temps, nous pouvons envisager une autogreffe. Et les voilà repartis à m'expliquer le processus. Pas très engageant. J'acquiesçais, je voulais bien tout ce qu'ils voulaient. Surtout pour mes parents. J'avais pourtant l'impression qu'ils parlaient à quelqu'un d'autre. On pourrait dire que ce détachement était dû à un refus d'acceptation de la réalité. À vrai dire, je n'en savais rien.

Si j'avais toujours été incapable de mettre les bons mots sur ce que je ressentais, ça ne serait pas dans ces circonstances que je pourrais en être capable. J'ai pris la décision, ou plutôt je devrais dire qu'elle s'est prise toute seule : j'allais me laisser porter entre les mains du corps médical.

S'en sont suivi des jours sans couleur, le blanc ne faisait que m'entourer à chaque séjour à l'hôpital. Séjours entrecoupés de pauses à la maison où mes parents m'apportaient un soutien sans faille. L'autogreffe avait bien réussi, paraît-il. L'espoir renaissait. Je n'y croyais pas. C'était une sensation diffuse d'échec, je n'en parlais à personne. Depuis toujours, je taisais ce que je ressentais vraiment. J'étais en sursis. Pour combien de temps ? Personne ne pouvait le dire.

Paradoxalement, je ne me sentais pas si mal. Toutes ces semaines entre parenthèse m'avaient fait du bien. J'avais beaucoup réfléchi. Si j'étais là, c'était bien pour une raison et si elle m'était inconnue, ça ne voulait pas dire qu'elle n'existait pas. Jusque là, je n'avais fait que me résigner et subir. Il était peut-être temps de lutter pour gagner ma place, quelle qu'elle soit. Je pourrais aussi essayer de découvrir d'où je venais, cela pourrait expliquer bien des choses. Une force née subitement me forçait à agir. Non, tout n'était pas perdu. Si j'avais bien suivi tout ce que les médecins qui avaient bien joué avec moi, avaient prétendu, il y avait encore une solution : l'allogreffe. Par contre, je ne partais pas dans le bon couloir pour la course. Avec un donneur de moelle osseuse étranger, il n'y avait qu'une seule chance sur un million. L'idéal, c'était la fratrie. En avais-je une ? C'était le grand mystère. Un cousin, par miracle, pourrait faire l'affaire. Pour cela, il fallait employer les grands moyens : recherche de famille génétique par l'ADN. Interdit en France, mais les agences ne manquaient pas un peu partout dans le monde et faisaient de la publicité sur internet. C'était cher. Heureusement, j'avais des économies, elles y passeraient. Je dois reconnaître que je n'avais qu'une confiance très limitée dans ces labos qui ont, avant tout, pour but de faire du fric. Je devais pourtant le faire.

Après quelques tentatives infructueuses, j'ai appris que j'avais de lointains ancêtres anglais, je pouvais même avoir un lien avec Henri VIII. J'ai éclaté de rire ! J'imaginais le lien si ténu au fil des siècles et je me demandais si, par chance, je survivais et que je me marie, je n'allais pas faire assassiner ma femme, ou même, qui sait, mes femmes, après avoir inventé une nouvelle religion. Pour la moelle osseuse, je repasserais, elle devait être en poussière depuis bien longtemps.

Enfin, un jour, une éclaircie ! J'avais un lointain cousin. Il devait effectivement être très lointain, car on ne pouvait me donner le degré de parenté. Je décidai néanmoins de le contacter. J'appréhendais de lui expliquer le motif de cette prise de contact, j'avais tort. Je suis tombé sur un homme charmant qui m'a écouté et qui s'est immédiatement proposé pour m'aider. Il a accepté de se soumettre à une analyse de sang qui s'est révélée inutile. Il n'était pas compatible, on l'aurait pensé. Il sollicita toute sa famille proche, pas plus de chance. Nous avions toutefois lié des liens d'amitié. Pierre, de son prénom, était un passionné de généalogie, c'était la raison pour laquelle il avait fait le test ADN. Il m'a envoyé une copie de son arbre généalogique. J'allais peut-être y découvrir quelque chose qui puisse m'aider dans ma quête de donneur éventuel.

J'ai planché sur cet arbre en essayant de trouver une femme qui serait susceptible de m'avoir donné le jour, ou quelqu'un qui pourrait me donner des renseignements afin de retrouver des proches. Heureusement, cet arbre n'était guère fourni. Pas beaucoup de familles nombreuses, je n'ai trouvé qu'une dizaine de possibilités. Il fallait encore que je découvre comment joindre ces personnes et qu'elles acceptent de me répondre. Depuis que tout le monde a un portable, il n'y a plus d'annuaire téléphonique.

Dans mon malheur, j'avais une chance inouïe, j'avais pour parrain le meilleur ami de mon père qui était commandant de police. Il a accepté tout de suite d'utiliser les moyens à la disposition de la police pour effectuer ces recherches. Pas très catholique tout ça, mais j'étais quand même en danger de mort. Beaucoup de monde a participé et les candidats furent localisés. J'ai récolté quelques possibilités, encore fallait-il que mes mères naturelles potentielles acceptent de reconnaître qu'elles avaient accouché sous X. Certaines personnes ont accepté de se faire tester, aucune n'était compatible. Les femmes en âge de m'avoir procréé ont répondu, comme quoi le fait de dire qu'on va peut-être mourir est apte à délier les langues. Pourtant ce fut encore un fiasco, aucune n'avait accouché sous X. Je pense que je pouvais les croire si elles s'étaient donné la peine de me répondre.

Il ne restait plus qu'une femme à qui je n'avais pas encore écrit. Elle fut difficile à trouver. Sur l'arbre généalogique, elle figurait sous le nom de Grandval, on l'a retrouvée sous le nom de Laval, elle avait changé de nom. Elle était fille unique et le cousin ne lui avait pas trouvé de descendance. Il avait sans doute cherché sous le nom de Grandval. Elle avait trente-neuf ans. La lettre que je lui ai adressée est restée sans réponse. Il ne me restait plus que l'infime possibilité d'un donneur étranger.

RACHEL

Je ne connaissais pas Strasbourg, j'avais accepté de m'y rendre, ce serait plus facile pour effectuer sur place tous les examens nécessaires à l'établissement de ma compatibilité. Je savais qu'il n'y avait que très peu de chance, je n'étais certainement qu'une cousine éloignée puisque je ne figurais pas sur l'arbre généalogique. J'avais appris par Simon que ma mère avait changé de nom. J'étais tombée des nues. Pourquoi avait-elle fait ça ? Que voulait-elle fuir ? Aurait-elle fait quelque chose de grave, ou sa famille ? Je comprenais mieux cette absence totale de famille, mais je ne pouvais pas l'expliquer. Par contre, cela pouvait expliquer le comportement étrange de ma mère. Cela avait-il un rapporte avec moi ? Je ne le saurais peut-être jamais. Toutes ces questions qui me venaient soudain, c'était plus fort que moi ; le grand mystère familial me paralysait, cependant quelque chose m'attirait là-dedans. L'attitude de ma mère m'avait enfermée dans cette opacité, et c'était comme si le fait de vouloir ouvrir les yeux me faisait peur. Je ne me sentais pas prête. Je ne voulais pas me compliquer la vie avec ça pour le moment. Pour l'instant, je ne pensais qu'à la possibilité d'aider Simon. J'aurais très bien pu faire les tests à Nantes, j'avais seulement envie de rencontrer Simon. Moi qui vivais si solitaire, qui n'avais jamais eu envie de faire entrer quiconque dans mon intimité, j'étais surprise de ressentir cette attirance et ce besoin de le rencontrer en chair et en os. Était-ce le fait qu'il soit en danger de mort ou le sentiment qu'il était peut être de ma famille ? Tout ça n'était pas très clair.

Cette complicité soudaine et surprenante m'interrogeait aussi. Je n'avais jamais eu de véritables amies et encore moins d'amis. Je ne savais pas qu'on pouvait aussi se sentir en confiance, se sentir bien avec un autre être. Je n'avais jamais été bien avec ma mère. Il me semblait avoir toujours connu Simon. En l'espace de quelques jours et seulement en nous parlant au téléphone, nous étions devenus très proches. J'avais fini par lui parler de mes difficultés de communication avec ma mère, sans toutefois m'étendre sur le sujet, c'était encore trop tôt. Je sentais que je pourrais, plus tard lui raconter tout de ma pauvre vie familiale.

C'était un jeune homme très ouvert, il parlait de sa maladie comme d'une simple aventure fâcheuse dans le cours de sa vie. Il ne se plaignait pas, il en plaisantait même, et cela très naturellement. J'avais hâte de le voir vraiment.

Il m'attendait à la gare. Je ne sais pas comment nous nous sommes reconnus, mais nous nous sommes immédiatement dirigés l'un vers l'autre. C'était étrange, ses traits me paraissaient familiers. Ce garçon blond, immense, au physique encore un peu immature avait quelque chose de déjà vu pour moi. Pourtant, je n'avais même jamais vu de photo de lui et nous ne nous étions jamais appelés en vidéo. Il avait un magnifique sourire et une grande chaleur humaine se dégageait de lui. Ses yeux pétillaient de vie et d'intelligence. Il était vêtu d'un jean de bonne qualité, d'un blouson de cuir et chaussé de baskets.

- Simon Pelletier.
- Rachel Laval.

Il s'est tout de suite penché vers moi pour m'embrasser sur les deux joues. Je ne savais pas comment me comporter, peu habituée à ce genre de marque d'affection. Il a empoigné mon sac de voyage et m'a entraînée vers le parking.

- On va aller déposer tes affaires à la maison et je te ferai visiter la ville. Tu verras, c'est une très belle ville.

J'étais étonnée. Il se comportait comme si nous étions les meilleurs amis du monde.

À la maison ! J'avais pensé prendre une chambre à l'hôtel. Je ne me voyais pas débarquer ainsi chez des étrangers. Je ne savais pas quoi dire. Je ne voulais pas non plus être impolie. Je ne me sentais pas très bien. J'avais l'impression d'être embarquée sur un manège qui accélérait. Je ne maîtrisais rien. Je mesurais la différence entre lui et moi, entre les autres et moi.

- À la maison, tu veux dire chez toi ?
- Oui, chez moi, enfin chez mes parents. Je m'apprêtais à quitter le nid quand je suis tombé malade. Ma mère a voulu me garder près d'elle pour me soigner. J'étais trop faible pour protester. Ne t'inquiète pas, mes parents sont les meilleures personnes de la terre.

Ça ne me rassurait pas vraiment. Rien qu'à l'idée de pénétrer dans une famille me terrorisait. Je n'en connaissais aucun code.

- Je ne sais pas si je peux !
- Bien sûr que si !

Son ton était sans appel. Je n'ai pas osé le contredire. Comment aurais-je pu, il ne savait pas ce que je pouvais ressentir. Je n'ai pas pu dire un mot de tout le trajet. Je feignais de m'intéresser à ce que je voyais de cette ville qui m'était étrangère. Simon me décrivait les quartiers que nous traversions. Après avoir roulé une dizaine de minutes, nous sommes arrivés sur un boulevard bordé de grands arbres. C'était calme, un quartier bourgeois. La maison n'était pas somptueuse, mais très jolie en grès rose dans le style de la ville. Devant un jardinet plein de fleurs, on aurait tout de suite envie de passer sa vie là. Je devinais que la vie dans cette maison devait être agréable.

J'ai été accueillie comme le messie. La mère de Simon, une grande femme mince et très élégante, me serra dans ses bras. Je ne savais plus où me mettre. Son père, un peu bedonnant, et le teint fleuri des buveurs de bière se contenta de me serrer la main, mais avec un sourire des plus chaleureux. Je n'avais jamais imaginé ça !

- Nous sommes ravis de vous recevoir et nous vous remercions du fond du cœur d'avoir répondu à l'appel au secours de Simon.
- Mais on ne sait pas encore si je pourrai lui venir en aide.

- Quel que soit le résultat, vous aurez fait preuve de courage et de cœur. Simon va vous montrer votre chambre.

Avaient-ils remarqué mon trouble? Ils ne me posèrent aucune question. Je pense qu'ils essayaient de m'apprivoiser.

Avant de quitter la pièce, Simon s'était penché vers sa mère pour l'embrasser. J'étais troublée de découvrir l'amour qui unissait ces trois êtres. Les rares fois où j'avais voulu embrasser ma mère comme j'avais vu faire les autres filles de l'école, elle m'avait repoussée sans ménagement en me disant qu'elle détestait ces mièvreries. Lorsque la mère de Simon m'avait prise dans ses bras, j'avais failli me mettre à pleurer. C'était une sensation absolument inconnue de moi. C'était doux, c'était chaud. Je me souviens m'être dit : c'est comme ça que j'imaginais une mère. Pourquoi en avais-je été privée? Que n'avais-je été abandonnée puis adoptée ?

J'avais à peine vu la chambre, magnifique. Spacieuse et très confortable avec une décoration digne d'un magazine, Simon frappa à la porte.

- Si tu veux, en attendant l'heure du dîner, on pourrait faire un tour en ville.

J'étais complètement étourdie, j'aurais aimé rester un peu seule pour digérer toutes les sensations trop nouvelles pour moi que je venais de découvrir. Simon était tellement impatient de me faire découvrir son centre de vie que je n'ai pas eu le cœur de refuser. La visite de la ville fut un vrai plaisir. Simon était bavard comme une pie, je le sentais heureux que je sois là. Je me sentais moi-même heureuse et, ça aussi, c'était tout nouveau. Il avait fallu que j'attende vingt-quatre ans pour connaître ça ! C'était même un peu trop pour moi, j'étais épuisée émotionnellement.

À peine le repas du soir terminé, je suis montée me coucher. Le repas avait été succulent, la mère de Simon avait mis les petits plats dans les grands en mon honneur. La conversation s'était déroulée très naturellement. On n'avait pas parlé de la maladie de Simon. Je me suis étonnée de me sentir totalement à l'aise avec ces gens que je ne connaissais pas la veille. Ils avaient réussi à me sortir de ma coquille, ce que je n'aurais jamais cru possible. Ils étaient délicats, n'insistaient pas quand ils me sentaient gênée. Ils me parlaient surtout d'eux, mais sans exagération. Je n'avais plus l'impression d'être de trop au milieu d'eux. J'avais fini par me laisser aller, chose que je n'avais pratiquement jamais faite.

J'étais très fatiguée, mais je ne parvenais pas à m'endormir, je revivais toutes mes découvertes, l'amitié, la chaleur humaine, l'amour familial si loin de mon désert affectif. Et même cette attention de la part de gens qui m'étaient inconnus et qui m'ouvraient leur cœur avant même de savoir si je sauverais leur fils. C'était trop beau. C'était comme de découvrir une plage au soleil quand on a toujours vécu dans une cave. Je devais me garder de trop goûter à tout ça, une fois les examens passés, s'ils étaient négatifs, je devrais retourner à ma solitude. Je garderais peut-être l'amitié de Simon, mais si loin l'un de l'autre, elle ne saurait perdurer. Quand il aurait retrouvé sa vie d'avant, s'il trouvait un donneur, il bâtirait sa vie d'homme et n'aurait plus beaucoup de temps pour moi. Je ne voulais pas non plus penser à ce qu'il adviendrait de lui s'il n'y avait pas de greffe salvatrice.

Dès le lendemain matin, direction l'hôpital. Simon était stressé, moi aussi. Je priais du fond du cœur, je n'ai jamais été croyante ma mère ne m'ayant donné aucune éducation religieuse, mais je me disais que s'il y avait un Dieu, quel qu'il soit, il pourrait avoir pitié de Simon. Il fallait à tout prix que je puisse lui donner ma moelle osseuse.

Je n'ai pas pu m'empêcher de lui demander s'il avait peur.

- Je ne sais pas pourquoi, avec toi, je sens que j'ai toutes les chances.
- Je voudrais pouvoir partager ton optimisme. En tout cas, je prie pour que ça marche.
- Tu es croyante ?
- Non, mais il faut mettre toutes les chances de notre côté.

J'étais sincère, je voulais de toutes mes forces pouvoir aider Simon ? C'était devenu vital pour moi.

Après avoir subi un long questionnaire, un électrocardiogramme, une prise de sang, on m'a expliqué que ne faisant pas partie de la fratrie de Simon, il y avait qu'une infime chance que je sois compatible. Nous aurions les résultats très rapidement. Il ne restait plus qu'à attendre, le plus difficile pour nous.

Les parents de Simon ont tout fait pour me rendre le séjour des plus agréables. Je serais bien restée avec eux pour toujours tant ma vie avait changé depuis que je les connaissais. Je pense même que j'avais changé physiquement. Quand je me regardais dans la glace, je ne me reconnaissais plus, je me trouvais jolie. Le bonheur rend belle. J'aurais au moins connu ça dans mon existence, même si ça ne durait que quelques jours, j'en garderais le magnifique souvenir jusqu'à ma mort.

Deux jours après, nous étions convoqués par le professeur qui suivait Simon. Nous étions sur des charbons ardents. Jamais le trajet en voiture jusqu'à l'hôpital ne m'avait paru si long. Heureusement, nous n'avons pas attendu dans la salle d'attente. J'étais sur le point de m'évanouir. Je regardais Simon, il était muet et se mordait le pouce. Lorsque nous sommes entrés dans le bureau du professeur, Simon a pris ma main qu'il serrait avec force pour se donner du courage. Je me suis forcée à lui sourire. Il m'a rendu mon sourire, mais un peu crispé. À peine étions-nous assis que l'homme de science commença :

- Je ne vais pas vous faire languir plus longtemps, mademoiselle, vous êtres parfaitement compatible. C'est un miracle, compte tenu du fait que vous n'êtes qu'une lointaine parente si j'ai bien compris.
- À vrai dire nous n'en savons rien. Je suis né sous X et Rachel n'a aucun frère, ni même de sœur d'ailleurs. C'est ce que lui a toujours dit sa mère décédée aujourd'hui.
- Quelquefois il se passe de drôles de choses dans une famille.

Le ton du médecin était sibyllin.

- Que voulez-vous dire, docteur ?
- Il semblerait que vos liens familiaux soient plus proches que vous ne le pensez.
- Mais encore ?
- Je ne suis pas devin, mais la science tendrait à nous indiquer que vous pourriez bien avoir un parent en commun. Vous avez en commun un groupe sanguin assez rare.
- C'est forcément notre père si c'est le cas.
- Je ne peux malheureusement pas vous en dire plus. Moi, je suis là pour le don de moelle osseuse, pour le reste, je ne peux rien vous dire. Nous pouvons envisager l'opération dans

un mois, il faut préparer Simon. Pourrez-vous vous rendre libre, mademoiselle ? Vous n'habitez pas Strasbourg. Pour vous ce ne sera pas très long, une petite semaine tout au plus.
- Je réside à Nantes, mais je ferai le nécessaire. Il n'y a pas de problème.

Simon semblait assommé, il était blanc. Moi, je n'avais pas encore réalisé. Nous nous sommes précipités pour aller annoncer la bonne nouvelle à ses parents qui nous ont promis une grande fête pour la soirée. Je me sentais à bout de force, je suis allée m'étendre un peu avant le repas du soir. J'avais besoin de me retrouver seule et de reprendre mon souffle. Je n'avais pas l'habitude de l'agitation. Simon, tout autant que ses parents était de nature exubérante, j'avais beaucoup de mal à participer à leur joie. Pourtant, je la ressentais autant qu'eux. J'étais seulement incapable de l'extérioriser. J'en éprouvais de la gêne. Heureusement, ils ne semblaient pas s'en apercevoir. Je pensais à ma mère, aurait-elle répondu à Simon ? Elle n'avait jamais fait preuve du moindre sentimentalisme, mais je ne la croyais pas capable de laisser mourir quelqu'un sans faire quelque chose pour l'aider. Je ressentais toujours cette impression bizarre que Simon avait toujours fait partie de ma vie. C'était inexplicable. Et cette parfaite compatibilité, ce même groupe sanguin rare ! Une chance sur un million avait dit le professeur ! Il y avait de quoi être déstabilisée. Et je l'étais. Je venais aussi de prendre conscience de mon extrême solitude. C'est en étant témoin de ce qu'était une vraie vie de famille que je réalisais que je n'avais plus personne au monde. Ma mère n'avait pas occupé beaucoup de place à mes côtés, mais elle était tout de même là et c'est tout ce que j'avais. Elle partie, c'était le néant absolu. Je n'avais pas été malheureuse, j'ignorais qu'il pouvait en être autrement et je me disais qu'il y avait pire que moi, des enfants maltraités, confiés à la DDASS, dans des familles d'accueil maltraitantes. Je n'avais jamais manqué de rien sinon d'attention et d'affection. Je ne savais pas que ça pouvait être assimilé à de la maltraitance. Ces gens chez qui j'étais ouvraient leur cœur en grand et étaient prêts à y accueillir tout le monde, même moi. Simon n'aurait pas été plus heureux dans une famille naturelle.

Lorsque je suis descendue pour le repas, il n'y avait pas seulement trois personnes qui m'attendaient, mais six. S'étaient joints à eux deux dames et un homme âgés, j'ai tout de suite compris que c'étaient les grands-parents de Simon. Ses deux grand-mères et un grand-père. Je fus embrassée, choyée et gavée comme une oie. Le repas était exceptionnel. Tant de bonté et d'attentions me soulaient autant que le champagne. Pour la première fois de ma vie, j'étais entourée et j'avais envie de penser que j'étais aimée. Je me suis couchée ivre de joie et consciente que j'avais une valeur aux yeux de ces gens.

Le lendemain, je reprenais le train pour Nantes, mes bagages remplis de cadeaux. Je n'avais qu'une seule idée en tête : revenir. Même si c'était pour subir cette opération qui me faisait quand même un peu peur. Je n'avais jamais été hospitalisée. Je n'aurais pourtant reculé pour rien au monde.

SIMON

Je n'oublierai jamais le message sur le réseau social qui demandait si j'étais le Simon Pelletier qui avait envoyé une lettre à Marjorie Laval. Enfin, j'obtenais une réponse et une chance. Il y avait un numéro de téléphone. J'ai appelé immédiatement. Je suis tombé sur une voix jeune, certainement cette Rachel Laval à qui appartenait le profil sur le réseau. Elle m'a expliqué que sa mère était morte et qu'elle avait oublié la lettre que sa mère n'avait pas eu le temps d'ouvrir, au fond de son sac. Elle m'avait recherché dès qu'elle avait retrouvé la lettre et qu'elle l'avait lue. Elle s'inquiétait de savoir comment j'allais ; je l'ai rassurée, j'avais encore du temps. Elle a été soulagée et a accepté tout de suite de se soumettre à des tests. Je ne sais pas pourquoi, je me suis senti soudain confiant. On a quelquefois des intuitions qui semblent à priori complètement invraisemblables. Cette fille dont j'ignorais totalement les liens de parenté qu'elle pourrait avoir avec moi était, je le sentais, celle qui allait me sauver. J'avais beau me dire que je me faisais des illusions, que j'avais tant attendu un miracle que je me mettais à croire n'importe quoi, que je risquais d'être cruellement déçu, je n'en démordais pas. Je voyais l'horizon s'éclaircir tout à coup, l'espoir renaissait, c'est tout ce que je voulais voir. J'ai raconté tout ça à ma mère, elle m'a regardé puis elle m'a dit :

- Ma parole, tu es complètement transformé, prends garde aux illusions qui pourraient être fatales. Cependant, il arrive que l'inexplicable se produise. Tu as peut-être un sixième sens.
- Je sais, tout au fond de moi, que c'est elle qui me guérira.
- Tu sais que je le souhaite du plus profond de mon cœur.
- Ne t'en fais plus, maman, les mauvais jours sont désormais derrière nous.
- Puisses-tu dire vrai !

J'avais une telle hâte de la voir que je lui téléphonais tous les jours. Ma mère disait que j'exagérais, que c'était du harcèlement, qu'elle allait changer d'avis. Je savais que je ne risquais rien. Elle me répondait toujours avec autant de gentillesse. Nous échangions beaucoup. Je me sentais tant d'affinités avec elle. C'était comme si nous nous étions toujours connus. Elle avait une vie très solitaire, je me demandais pourquoi. Elle était tellement agréable, intéressante, elle aurait dû avoir des tas d'amis et aussi un homme dans sa vie. J'aurais juré qu'elle était comme moi, qu'elle ne se sentait pas à sa place là où elle était. Qu'elle ne se reconnaissait pas d'identité réelle. Mais, nous n'en étions pas encore aux confidences très intimes. Il faudrait du temps pour ça. Elle était aussi très réservée. Nous avions tout le temps.

À de rares moments, je redescendais sur terre, je recommençais à douter. Ce n'était pas si simple, je le savais. Mais, c'était plus fort que moi, je faisais confiance à cette petite voix qui me disait que j'avais raison de croire à cette bonne fée.

Lorsque je l'ai vue sortir du train, ma bonne étoile, mon cœur cognait à ameuter mes voisins. Je ne l'avais jamais vue, même pas en photo, mais je l'avais tout de suite reconnue. C'était une magnifique jeune femme, un peu plus grande que la moyenne, des cheveux châtains tirés en queue de cheval, aucun maquillage, elle n'en avait pas besoin. Elle n'était pas habillée comme les jeunes filles autour de moi, cependant elle n'était pas démodée et tout lui allait très bien : son pantalon et sa veste assortie de couleur neutre, pas de bijoux. Elle paraissait très timide et ne souriait pas. J'avais pourtant le sentiment qu'elle était heureuse de me voir enfin. Cette impression de communion entre nous était encore plus nette. Si nous n'avions pas échangé le moindre mot, nous nous serions quand même compris. Était-ce ma maladie qui me rendait si perméable aux sensations ? Aucune gêne entre nous, pas la moindre minute de retenue. Je l'ai emmenée à la maison. Mes parents étaient sur le qui-vive. J'avais beau leur avoir dit que c'était une fille adorable, ils n'étaient pas si enthousiastes que moi. Ils se faisaient tellement de souci pour moi ! Certes, elle n'était pas très communicative, mais j'ai senti qu'elle plaisait à mes parents. Ils l'avaient tout de suite adoptée. Elle était sur la réserve, c'était compréhensible, elle ne nous connaissait pas.

Quand ils l'ont vue, ils n'ont plus eu aucune hésitation. Ma mère l'a immédiatement prise dans ses bras. C'est alors que j'ai vu dans les yeux de Rachel, une lueur étrange, comme de la surprise, de la gêne, ce qui pouvait se comprendre. Mais, j'ai cru voir aussi de la douleur. Elle devait penser à sa mère décédée. Elle n'avait pas eu de mouvement de recul, elle avait juste réagi comme à une souffrance. Je n'aurais jamais osé lui demander le pourquoi de sa réaction. Ma mère n'avait pas semblé le remarquer. Mon père s'était contenté de lui serrer la main, elle a répondu à son sourire. Son émotion était passée.

Puis, je l'ai traînée dans toute la ville, j'avais envie de lui montrer tous les coins que j'aimais. J'avais presque oublié le pourquoi de sa venue. Je crois que ça lui a plu.

Quand nous sommes rentrés, Rachel était épuisée. Elle a dit qu'elle voulait se reposer un peu, j'avais sans doute exagéré. Je n'étais pas très frais non plus, je n'avais plus la résistance d'avant la maladie, mais j'étais tellement excité que je ne ressentais pas la fatigue. Ma mère voyant ma pâleur, m'a expédié, moi aussi, me reposer.

Ma mère s'était surpassée, le repas du soir était excellent. À nous voir ainsi, tous les quatre à table, je me suis surpris à penser : ça aurait pu être super d'avoir une sœur. Où étais-je allé chercher ça ? C'est vrai que aussi heureux que j'aie pu l'être dans cette famille, j'ai toujours regretté d'être enfant unique.

Le lendemain eurent lieu les examens. J'avais la gorge serrée, le ventre me faisait mal. Rachel était tendue, elle aussi, je le sentais. J'étais, je l'avoue, un peu moins confiant. Elle me donnait du courage, je ne pouvais pas craquer devant elle qui avait fait tout ce trajet pour m'apporter son aide. Je n'étais plus seul dans l'aventure, ça me faisait du bien. J'avais toujours eu mes parents à mes côtés, mais je ressentais tellement leur peur, leur douleur que cette aide ne m'apportait pas grand-chose, sinon une preuve de leur amour. De ça, je n'avais jamais douté, c'était de force que j'avais besoin. Bizarrement, je trouvais cette force chez

Rachel. Probablement parce qu'elle avait moins peur pour moi. Je n'étais qu'un étranger pour elle. Enfin, un peu plus que ça, mais à peine.

Lorsque, deux jours plus tard nous nous sommes retrouvés dans les fauteuils du bureau du médecin, une goutte d'eau ne serait pas passée à travers ma gorge. Instinctivement, j'avais saisi la main de Rachel pour m'y accrocher. Je perdais pied. C'était quitte ou double et il y avait tant de chance que ce soit quitte ! C'était ma vie qui se jouait là et Rachel était mon numéro. Serait-ce le gagnant ?

À l'annonce du verdict, je n'y ai pas cru tout de suite.

- On peut dire que vous avez une sacrée chance, jeune homme ! Cette jeune femme est tout à fait compatible, elle va pouvoir vous sauver. Vous savez que la possibilité qu'elle le soit était tellement infime, étant donné que vous n'êtes que des parents éloignés. La plupart du temps ce taux de correspondance n'existe qu'entre frères et sœurs.

Je n'entendais déjà plus rien, je n'avais retenu que le fait que Rachel allait pouvoir me faire don de sa moelle osseuse ; que j'allais survivre à cette terrible maladie. Je faisais tous les efforts possibles pour ne pas me mettre à pleurer. Rachel ne disait rien, je tenais toujours sa main. Puis le professeur nous a expliqué comment ça allait se passer. Rachel était très attentive, moi, un peu moins. Il me fallait du temps pour assimiler tout ça. J'avais hâte aussi d'annoncer la bonne nouvelle à mes parents.

Mes grands-parents, enfin, mes deux grand-mères et le grand-père qui me restait, ont rappliqué en vitesse. L'ambiance de la soirée était à la joie de me savoir sauvé. Rachel restait un peu sur la réserve, c'était normal, elle connaissait à peine mes parents et pas du tout mes grands-parents. Je voyais tout de même qu'elle était heureuse pour moi. J'allais vivre, et cela grâce à elle. Je ne pourrais jamais la rembourser.

RACHEL

Je suis rentrée chez moi encore tout étourdie. Les événements s'étaient précipités. Lorsque j'avais accepté de me soumettre aux tests, je pensais aller directement à l'hôpital, rester quelques jours à l'hôtel, puis revenir à Nantes en attendant les résultats et que l'opération ait lieu si cela devait se faire. Je m'étais renseignée, Simon devait subir un traitement avant le don, nous resterions en contact par téléphone. Je n'imaginais pas du tout me retrouver au sein d'une famille survoltée qui semblait vouloir m'adopter moi aussi. Je ne savais pas comment me comporter. J'étais à la fois terrifiée et attirée comme par un aimant. Un aimant, une atmosphère aimante. Comment se comporte-t-on dans une famille pleine d'attention et d'amour ? Je ne pense pas qu'ils se soient rendu compte de mon désarroi. Du moins, je l'espère. Ils étaient tellement excités à l'idée que leur fils et petit-fils était en bonne voie de guérison, que je leur aurais demandé la lune, ils seraient allés me la décrocher. Je ne voulais pas passer pour une ingrate. J'étais cependant très mal à l'aise. J'avais toujours eu une vie calme, très calme, peut-être trop calme, cet éternel remue-ménage me fatiguait. J'étais cependant heureuse. Je ne me sentais vraiment bien que quand j'étais seule avec Simon. Il débordait d'énergie, mais c'était une énergie positive. Il me parlait de ses projets quand il serait guéri. Il voulait faire le tour du monde. Il voulait aussi m'emmener. Je n'aurais jamais voulu faire le tour du monde, mais je ne voulais pas le contrarier. Alors, je le laissais dire en approuvant. Il semblait si heureux. Nous avons fait le tour du monde plusieurs fois en pensée. J'en avais le tournis.

Plusieurs fois ses parents m'ont interrogée sur mon enfance, sur ma mère. C'était très difficile pour moi d'en parler. J'avoue que j'ai beaucoup menti pour me forger une vie sinon heureuse, normale, une mère méritante, un père qui nous avait abandonnées peu après ma naissance. Ça me venait tout naturellement. Sans doute parce que c'était le rêve que j'avais toujours fait. Comment aurais-je pu raconter la vérité, ils ne m'auraient pas crue? Leur mentir n'était pas grave, une fois Simon sauvé, je disparaîtrais de leur vie. Simon partirait au bout du monde comme il en avait envie, nous échangerions quelques cartes de Nouvel An, un ou deux coups de fil pour savoir si j'allais bien, puis, petit à petit, ils m'oublieraient. Ma vie n'était pas avec eux. J'en souffrirais certainement, car ils m'avaient fait voir ce qu'était une vraie vie de famille. J'aurais pu les aimer, mais je ne savais pas comment faire.

J'aurais pu retrouver ma petite vie tranquille si je n'avais goûté au fruit défendu : être entourée, appréciée et peut-être aimée.

Je me suis reprise, m'efforçant de retrouver mes habitudes solitaires et d'y trouver sinon le plaisir, du moins le calme. Chaque soir, Simon me téléphonait. Nous restions très longtemps à bavarder. Il s'étonnait que je sois toujours seule à la maison, que je ne sorte jamais, je ne savais pas quoi lui dire, je restais évasive sur des amis éventuels. Il était très fatigué par le traitement de chimiothérapie nécessaire avant la greffe. Il ne sortait donc plus, mais il avait beaucoup d'amis qui venaient lui rendre visite et, surtout, il avait ses parents.

Il me plaignait, je lui disais que ce n'était pas la peine, que j'étais très bien comme ça, il ne me croyait pas. S'il avait su que ça avait toujours été comme ça pour moi !

Le temps passait, la date de l'opération avait été fixée. Pour moi, ce serait vite fait : une hospitalisation de deux jours. Je resterais encore trois ou quatre jours chez Simon en observation, puis il n'y paraîtrait plus. Pour Simon, ce serait beaucoup plus long, un séjour en chambre stérile et des contrôles réguliers pendant un bon bout de temps, en fonction de l'évolution de son état. Il était très confiant. Après tout ce qu'il avait enduré, il ne craignait plus rien.

Il m'avait demandé si je pourrais rester un peu plus avec ses parents, ça leur ferait du bien d'avoir quelqu'un à la maison. Je ne pouvais pas refuser et il y avait longtemps que je n'avais pas pris de vacances. J'ai posé un mois de congés. Simon n'arrêtait pas de me remercier.

- Je ne sais pas si je pourrai rembourser toutes mes dettes envers toi un jour, m'a-t-il dit.
- Et tu oublies les intérêts, lui ai-je répondu en riant.
- Certainement pas ! Tu seras toujours celle qui m'aura sauvé la vie.
- Je n'ai pas eu grand-chose à faire.
- Oui, mais c'était tout ce qu'il fallait. Tu es mon ange gardien.
- On ne me l'avait jamais faite celle-là !
- Avais-tu déjà sauvé d'autres vies ?
- Pas à ma connaissance.

Car il me faisait rire et je n'avais jamais beaucoup ri.

Lorsque je suis sortie du train le jour dit, c'est le père de Simon qui est venu me chercher. Simon venait d'entrer à l'hôpital. Il y avait un peu de tension à la maison.

- Vous n'être pas trop anxieuse ? m'a demandé Claire, la mère de Simon.
- Un peu, mais c'est normal, je me fais du souci pour Simon.
- Il commence aussi à être nerveux, nous avons hâte que ce soit fini.
- Je veux bien vous croire !
- Demain, c'est Marc qui vous emmènera à l'hôpital, j'irai demain matin très tôt pour réconforter Simon.

Le repas du soir s'est déroulé cependant dans la bonne humeur. Je commençais à m'habituer à Claire et Marc. Claire a tenu à me faire avaler un léger décontractant afin que je puisse bien dormir.

- C'est très léger, c'est mon médecin qui me l'a conseillé.

Je n'ai pas voulu lui dire que je n'en avais pas besoin. C'était cependant préjuger de mes forces, j'ai très mal dormi. Je n'avais pas peur, mais je ne pouvais pas m'empêcher de penser à Simon, seul sur son lit d'hôpital.

L'opération, en ce qui me concernait, s'est très bien passée. Je suis sortie de l'anesthésie sans problème, à peine une légère douleur à l'endroit de la ponction. On m'a ramenée dans la chambre. Claire m'attendait. Elle m'a pris la main.

- Merci, Rachel, vous m'avez rendu mon fils. Je ne remplacerai pas votre mère, mais je vous considère à présent comme ma fille puisqu'elle n'est plus là.

Je me suis mise à pleurer. Une mère ! Moi qui en avais tant rêvé ! Et quelle mère ! Quand je la voyais avec Simon, je savais que c'était ça une mère exceptionnelle. Et elle me proposait d'être la mienne, c'était trop !

- Vous pleurez, il ne faut pas. Je vous dois tout en vous devant la vie de mon fils. Et puis, j'ai pu voir que vous étiez quelqu'un de bien. J'aurais aimé avoir une fille comme vous.

Je n'ai pas pu répondre, je l'ai seulement embrassée. Elle est restée un grand moment avec moi. Marc était avec son fils.

Le lendemain j'ai quitté l'hôpital, tout allait bien pour moi. Avant de partir, je suis passée voir Simon. Derrière la vitre, il m'a fait signe que tout était OK. Il avait une triste mine, les traits tirés, mais son sourire était étincelant.

SIMON

Lorsque je me suis réveillé, mon père était derrière la vitre. On ne pouvait se parler que par interphone.

- Tout s'est bien passé, tu n'as plus qu'à être patient et tout rentrera dans l'ordre. Ta mère est allée voir Rachel.
- Je suis content pour elle.
- Comment te sens-tu ?
- Un peu cotonneux, mais ça va. J'avais tellement hâte que ce soit fini.
- Nous aussi.
- Vous pourrez prendre soin de Rachel ?
- Comme si c'était notre propre fille.
- Je l'aime beaucoup.
- Tu ne serais pas amoureux, par hasard ? C'est une jolie fille et avec un cœur d'or.
- Ce n'est pas ça du tout, c'est très différent ce que je ressens pour elle : c'est un peu comme un sentiment de frère à sœur. C'est bizarre non ? Enfin, je ne sais pas au juste comment on aime une sœur.
- Moi, non plus, je n'ai pas eu de sœur.
- C'est vrai, tu es fils unique toi aussi.

- Tu demanderas à ta mère, avec ses quatre frères et sœurs, elle doit en savoir quelque chose.
- Je penserai à lui demander.
- Maintenant, tu dois te reposer, ta mère passera tout à l'heure. Elle va être triste de ne pouvoir t'embrasser.
- Heureusement, elle ne me laisserait plus de peau sur les joues !
- Je vois que tu n'as pas perdu ton sens de l'humour. Je t'aime, mon fils. Remets-toi vite.
- Je ferai de mon mieux.

J'allais devoir avoir beaucoup de patience pour rester enfermé tous ces jours dans cette chambre. Heureusement, l'avenir était plus clair. J'avais gagné le droit de vivre et une sœur, même si ce n'était pas une sœur biologique. Elle le serait pour moi. Elle était seule au monde, on ne peut pas vivre comme ça. Elle avait besoin de moi et de ma famille.

À vrai dire, je n'ai pas tellement trouvé le temps long durant mon isolement. Mes parents et Rachel se relayaient pour venir passer du temps avec moi. Nous ne pouvions pas nous toucher, nous nous parlions par interphone, mais c'était mieux que rien.

Enfin, on put envisager ma sortie, les examens étaient bons, je devais être très prudent, car j'étais encore très faible. Je n'avais qu'une envie : serrer tout le monde dans mes bras. Rachel était toujours chez mes parents. Il semblait qu'elle se soit habituée à eux et eux à elle. Ma mère ne tarissait pas d'éloges sur sa fille adoptive, comme elle disait. Mon père était plus réservé, mais je savais qu'il l'appréciait beaucoup et ça allait au-delà de la reconnaissance. Rachel n'était toujours pas plus communicative. J'aurais donné cher pour savoir ce qui la retenait ainsi, mais ce n'était pas le moment d'aborder des choses intimes et nous n'étions pas souvent seuls. J'étais très entouré, c'est le moins qu'on puisse dire. Lorsque nous nous parlions par interphone, il y avait toujours quelqu'un du corps médical dans les parages. Lorsque je serais à la maison, plus proche d'elle, je me promettais de l'interroger. Je sentais que je pouvais être indiscret et qu'elle ne m'en voudrait pas. J'ai toujours eu un don pour deviner les sentiments des gens à mon égard. Et puis, n'avais-je pas une partie d'elle en moi ?

Mon retour à la maison transporta tout le monde de bonheur. C'était comme si j'avais été absent pendant des années sans donner de nouvelles et que je revienne. Si on en avait eu un, on aurait tué le veau gras. Je dus me contenter d'une côte de bœuf et de pommes de terre sautées, mon plat préféré. Ce soir-là, j'étais épuisé, mais je n'avais pas envie d'aller me coucher. Ma mère dut se fâcher.

Seul dans mon lit, sans pouvoir dormir, je repensais à cette impression d'être étranger dans ce monde. Elle m'avait laissé en paix pendant toute la durée du traitement, je n'avais pas eu le temps d'y penser. Je la retrouvais intacte. Et elle était encore plus vive depuis que j'étais revenu d'entre les voués à une mort prochaine. Je me morigénais : pourquoi me tourmenter ainsi ? Tu as la plus formidable des familles qui vient même de s'enrichir d'un nouveau membre, tu es toujours en vie, tu n'as pas le droit de te plaindre. Je ne me plaignais pas, je mesurais ma chance, cependant, je n'y pouvais rien si je me demandais ce que je faisais là, si je me sentais un être à part ni meilleur ni plus mauvais qu'un autre, seulement différent des autres. C'était plus fort que moi et tous les efforts que je faisais pour repousser cette idée étaient vains.

La fatigue eut alors le privilège de me vider l'esprit de toute idée saugrenue.

RACHEL

Les jours passaient, Simon se remettait doucement. Nous nous relayions pour lui rendre visite, car il ne fallait pas le fatiguer. Il était toujours très pâle, mais souriant et surtout confiant. Il était, bien sûr, impatient de quitter la chambre stérile. Ses parents ne savaient pas quoi faire pour lui faire plaisir. J'ai eu du mal à m'habituer à vivre avec eux, leur sollicitude constante, leur chaleur humaine me gênait. J'avais l'impression d'être une usurpatrice, de ne pas mériter tout ce que je recevais d'eux, je ne savais pas comment on doit accepter tout ça. Puis, je m'y suis habituée, un peu trop même. Le retour chez moi dans ma solitude serait rude. Si j'acceptais maintenant toutes ces marques d'affection sans me mettre à pleurer et me rendre ridicule, je les appréciais de plus en plus et je me disais que ce serait trop bête de laisser passer la moindre occasion d'être heureuse. Ces souvenirs m'aideraient quand je retournerais à ma vie d'avant. Je savais aussi que je resterais en contact avec Simon.

Simon que je commençais à connaître était un garçon étrange. On voyait qu'il était très bien dans sa famille adoptive, pourtant on voyait parfois, dans son regard comme une sorte d'incrédulité devant le monde qui l'entourait. Subitement, il semblait s'absenter, s'éloigner de nous. Puis il revenait comme si de rien n'était. Je n'avais pas l'impression que ses parents s'en apercevaient ou alors, ils ne voulaient pas le voir. Ou bien encore, ils imputaient ça au fait qu'il avait été adopté, ou à sa maladie. Je n'étais pas dupe. Je connaissais, moi aussi cet état, ma mère m'avait assez reproché « mes absences », comme elle disait. « Absences » était bien le mot, je m'extrayais de ma vie, surtout quand elle me reprochait quelque chose ou que je sentais qu'elle aurait aimé me voir loin. Je faisais comme si ce qui m'arrivait, ne m'arrivait pas à moi, mais à quelqu'un d'autre qui me ressemblait sans être moi. Une inconnue, une étrangère. Pourtant, ma vie n'avait rien eu à voir avec celle de Simon. Il était entouré d'amour, de compréhension, contrairement à moi. C'était ça qui était étrange, cette particularité que nous avons en commun de nous sentir pas à notre place, cette impression que nous n'aurions pas dû être là. Je me demandais si Simon en avait conscience, comme moi. Je pouvais aussi me tromper, ce n'était peut-être pas du tout ce que ressentait Simon. Je lui imputais peut-être des pensées, des impressions qui étaient seulement les miennes. Pourtant, c'était comme si ce que je lui attribuais était le résultat d'une télépathie qui se serait établie entre nous. Je ne lui en aurais jamais parlé, il aurait pu me prendre pour une folle.

Lorsqu'il est rentré à la maison, il m'a prise dans ses bras. Nous portions tous deux un masque par précaution, j'ai senti que quelque chose nous liait et pas seulement le fait que je lui ai permis de rester en vie. Il a dû le sentir aussi, car il ne me lâchait pas. Très peu habituée aux contacts physiques, je me sentais néanmoins en communion totale. Malgré nos univers si différents, nous étions parfaitement semblables. Je ne me sentais plus seule à être différente et ça me faisait du bien.

Simon était sorti un lundi de l'hôpital, il avait été convenu que je resterais jusqu'à la fin de la semaine. Puis je devrais repartir, mon congé se terminant.

La veille de mon départ, Simon était triste, préoccupé. Pourtant tout allait bien, il avait repris un peu de poids, les analyses étaient bonnes, il n'y avait plus d'inquiétude, la greffe avait réussi. Je ne comprenais pas ce qui le chagrinait. Je le laissais dans les meilleures mains qui soient et c'était plutôt à moi d'être triste. Ce jour-là, nous étions seuls à la maison, ses parents s'étaient absentés pour l'après-midi, le laissant sous ma garde. Simon ne disait rien.

- Je te sens tracassé, tu peux me dire pourquoi ?
- Je ne sais pas si je dois t'en parler.
- Pourquoi ? Tu ne me fais pas confiance ? Je croyais qu'on était devenus amis, frères et sœur d'occase en quelque sorte.
- Justement, je ne veux pas te perturber. J'ai remarqué que tu étais très sensible, un peu repliée sur toi-même.
- C'est vrai, je peux paraître étrange, je le suis très certainement, mais tu ne dois pas te faire du souci pour moi. Je t'expliquerai peut-être un jour pourquoi je suis comme ça.
- J'aimerais bien le savoir. Une fille aussi extraordinaire que toi sans amis, sans amoureux, aussi seule et tu pleures quand ma mère t'embrasse !
- Ce n'est pas vrai, je ne pleure pas.
- Ne mens pas, je ne suis pas aveugle.
- Et c'est ça qui te préoccupe tant que tu as l'air si triste ?
- En partie.
- Que veux-tu dire ?
- Dans ma chambre stérile, j'ai eu beaucoup de temps pour réfléchir. Dans un premier temps, j'étais trop excité par la perspective d'être sauvé, je ne pensais plus à rien qu'à tous les

horizons qui s'ouvraient devant moi, j'allais pouvoir faire tout ce dont j'avais envie et que j'avais cru, à jamais, impossible. C'était grisant et je kiffais à mort. Puis, un matin en me réveillant, une pensée est survenue, comme ça : tout était étrange.

- Qu'entends-tu par là ?
- Tu ne trouves pas ça étrange, tu surgis de nulle part, tu n'as aucune famille et tu es parfaitement compatible pour la greffe ? Je me suis souvenu des paroles du professeur, c'était miraculeux et je ne crois pas aux miracles.
- Moi non plus.

Je pensais que si les miracles existaient, j'aurais eu une mère normale.

- Que s'est-il donc passé, tu viens d'une autre planète ?
- À moins que ce ne soit toi !
- Trêve de plaisanteries, et puis, je ne sais pas si tu ressens ça, toi aussi, j'ai l'impression que quelque chose nous lie. C'est confus, mais pour moi c'est évident. C'est pourquoi je voudrais que tu me parles de toi, que tu me racontes ton histoire. Je ne voudrais surtout pas te

forcer, je te le demande simplement. À toi de décider.

Je n'ai pas pu résister, je lui ai tout raconté.

SIMON

Elle pleurait en me racontant sa triste enfance, j'ai fini par pleurer avec elle. Je n'aurais jamais pu imaginer un tel désert affectif. Ce qui me surprenait le plus, c'est qu'elle ait réussi à surmonter tout ça. « Je ne connaissais rien d'autre », disait-elle. Je comprenais sa gêne quand je l'ai amenée chez moi. Les émotions la submergeaient. Elle devait aussi trouver des parades quand mes parents l'interrogeaient. Comment pouvait-elle à la fois plonger dans la découverte d'une famille aimante et esquiver l'aveu de ce qu'elle avait vécu?

Je l'avais laissée parler sans l'interrompre. Au début, son débit était haché comme si elle hésitait puis au fur et à mesure elle se laissait aller et la parole se libérait. Je la sentais sur le fil et je ne savais pas quoi dire. Au détour d'une phrase, elle a eu ces mots : je me suis toujours demandé ce que je faisais là. Cette phrase que je m'étais répétée si souvent. Ce sentiment que l'on n'avait rien à faire dans nos vies respectives, comme je le connaissais. Elle continuait à parler, j'avais plus de mal à la suivre, cette phrase ne quittait pas mon esprit. Quand elle a eu fini de parler, nous avons laissé le silence s'installer. Je ne sais pas si elle regrettait de m'avoir confié tout ça, si elle craignait ma réaction. Elle était fière de ne pas se laisser considérer comme une victime. Je n'ai jamais manqué de rien, insistait-elle. De rien sauf d'amour ! Je n'avais pas besoin de lui dire, elle le savait.

Le bruit de la porte d'entrée annonçant le retour de mes parents nous dispensa de chercher encore quelque chose à dire. J'ai senti Rachel soulagée.

Nous ne nous sommes plus retrouvés seuls avant son départ. J'allais devoir réfléchir à tout ce que j'avais entendu. Déjà quelques idées se bousculaient dans ma tête. Je devais les mettre au clair avant d'en parler à Rachel. Mes parents étaient tristes aussi de la voir partir. Elle était devenue le deuxième enfant qu'ils avaient rêvé d'avoir. Ils lui firent promettre de revenir. On aurait dit que ma mère perdait une fille. Si elle avait su ce que Rachel venait de me raconter !

J'ai voulu l'accompagner seul à la gare. Dans la voiture, j'avais envie de lui parler de ce que j'avais ressenti lorsqu'elle avait évoqué de cette sensation de ne pas être à sa place dans sa vie, lui dire que je ressentais exactement la même chose. Je n'ai pas osé, il était peut-être trop tôt. Je l'ai prise dans mes bras avant qu'elle ne monte dans son train. Je ne sais pas si j'ai bien fait. Elle n'a pas eu de recul, mais je ne l'ai pas senti répondre à mon étreinte. Je voulais seulement lui faire comprendre comment elle était devenue importante pour moi. Importante tant je me reconnaissais en elle. Elle devait penser que j'avais seulement de la gratitude pour elle qui m'avait sauvé la vie. Il y en avait, certes, mais c'était tout autre chose que je sentais me lier à elle. Je n'aurais pas su mettre des mots là-dessus. J'étais le premier surpris.

Nous avons repris nos vies. Elle me manquait beaucoup, je l'appelais le plus souvent possible. Je n'avais pas encore repris mes activités, j'étais encore très faible. Je lui parlais de ma santé, de la vie presque normale que je redécouvrais peu à peu. Elle ne me parlait pas beaucoup d'elle, prétextant qu'elle n'avait rien d'intéressant à raconter. Plusieurs fois, je lui avais demandé si mes coups de téléphone fréquents la dérangeaient. Elle me disait que non, au contraire elle était toujours heureuse de m'entendre. Quand je lui demandais pourquoi ce n'était jamais elle qui appelait, elle répondait qu'elle savait toujours quand j'allais appeler, elle n'avait pas besoin de le faire. Si j'étais resté muet, l'aurait-elle fait ? Je pense que oui. Au fil du temps, l'idée que j'avais d'un lien très fort entre nous se renforçait.

Il y avait aussi cette idée, ce projet qui mûrissait lentement dans ma tête. J'allais devoir en parler à

Rachel. Nous devions avoir une conversation sérieuse. Je me sentais de mieux en mieux, je reprenais des forces de jour en jour. Je pourrais bientôt reprendre le travail. Mes analyses étaient parfaites, la greffe avait miraculeusement bien réussi.

J'ai pris alors la décision de descendre à Nantes. Mes parents étaient encore réticents, ils avaient toujours peur, j'ai réussi à les convaincre. J'ai bien cru qu'ils allaient vouloir m'accompagner, il n'en était pas question. Il fallait que je voie Rachel seul à seule. Ce dont je voulais lui parler n'avait rien à voir avec mes parents. Je voulais les tenir à l'écart de tout ça. Non pas que je n'aie pas confiance en eux, je leur en parlerais en temps voulu, j'avais seulement besoin de savoir avant ce que Rachel en penserait. Ils ne comprenaient pas, mais ils me connaissaient et ils savaient que quand je décide quelque chose, il était inutile d'essayer de me faire changer d'avis.

Je pris Rachel au dépourvu. Elle vivait dans un petit studio et n'avait pas la place pour m'accueillir dignement, disait-elle. Qu'à cela ne tienne, j'irais à l'hôtel ! Elle eut une autre idée. Après tout ce qui s'était passé depuis sa lecture de ma lettre et les événements suivants, elle n'avait pas eu le temps de s'occuper de la vente de l'appartement de sa mère. Le notaire avait bien eu quelques propositions, elle n'avait pas donné suite. Sans bien savoir pourquoi, elle ne se sentait pas prête à toutes formalités de vente. Je pourrais m'y installer le temps que je voudrais. Elle s'arrangerait pour les repas. Elle n'avait pas à s'inquiéter, je savais très bien me débrouiller seul. J'avais été choyé, mais aussi élevé de façon à me rendre autonome. Je savais cuisiner un minimum et entretenir mon linge. Ma mère avait tenu à m'inculquer ces notions de base de l'indépendance. Mon père qui n'était pas un homme passif à la maison l'avait encouragée dans ce sens. Avec l'accord du corps médical, j'ai pu partir. J'ai dû promettre que je serais sérieux dans la prise de mes médicaments et qu'à la moindre alerte, je consulterais un médecin local. Mes parents ne la menaient pas large, je le savais, mais je ne pouvais pas rester éternellement collé à eux. J'ai fait tout ce que j'ai pu pour les rassurer. Je ne sais pas si j'y suis parvenu.

Dans le train qui m'emmenait à Nantes, j'ai essayé de mettre de l'ordre dans mes pensées. Comment trouver la meilleure manière de présenter mes projets à Rachel ? Je voulais la convaincre, car c'était très important pour moi. Je savais que je pourrais la bouleverser, l'amener à découvrir des choses qu'elle ne voudrait peut-être pas connaître. J'avais déjà pas mal bouleversé sa vie, j'allais encore en rajouter une couche. Elle n'avait rien demandé. Si le fait d'avoir voulu m'aider devait la rendre malheureuse, j'en serais le premier navré. Je ne voulais que son bonheur. Pourtant, je ne pouvais pas renoncer, cette histoire de compatibilité avait ouvert en moi des abîmes de questionnement et je ne serais satisfait que quand j'aurais toutes les réponses. Surtout la réponse à ce mystère qui me hantait depuis si longtemps : pourquoi je ne pouvais pas me sentir comme tout le monde ? Si je découvrais la cause de cet état permanent, je pourrais vivre plus sereinement.

J'étais heureux aussi de revoir Rachel, de découvrir où elle vivait, de passer du temps avec elle. J'étais à la fois excité et anxieux. Je n'étais peut-être qu'un égoïste, je m'imposais à elle. J'étais pourtant très sûr de moi.

Elle est venue me chercher à la gare, j'avais trouvé le trajet bien long, je me fatiguais encore vite. En la voyant, j'ai tout oublié. Elle semblait vraiment heureuse de me revoir, j'étais un peu soulagé. Elle se doutait certainement que je ne venais pas pour faire du tourisme, elle me comprenait si bien. Elle m'emmena d'abord chez elle. Effectivement, c'était tout petit, mais très agréable. Je trouvais seulement la décoration un peu sommaire pour un appartement de jeune femme. Elle n'avait pas l'air de trouver ça étrange. Quand je lui en ai fait la remarque, elle m'a répondu qu'à côté de l'appartement où elle avait vécu avec sa mère, celui-ci était vraiment très décoré. Elle a proposé de me faire un thé ou un café. À peine installé devant ma tasse de café, je n'ai pas tergiversé plus longtemps, j'ai tout de suite attaqué.

- Si j'ai fait un aussi long voyage, c'est parce que je voulais te parler de vive voix.
- Tu as bien fait !
- Je ne sais pas. Je dois tout d'abord te dire que c'est très important pour moi.
- Si important que ça ?

Je n'étais pas très à l'aise, je la voyais là, devant moi, je ne savais pas comment elle allait prendre ma demande.

- Oui, j'ai longuement réfléchi, j'ai eu tout le temps dans ma solitude aseptisée.
- Alors, je t'écoute.
- Voilà, je voudrais faire des recherches sur les liens de parenté que nous entretenons. C'est tellement étrange cette compatibilité et ce que disait le professeur sur le fait que cette

compatibilité ne pouvait exister que sur des personnes de la même famille. Je sais que j'empiète sur ta vie privée et que ce que l'on pourrait découvrir pourrait être très dérangeant, mais j'ai besoin de comprendre. Je n'ai aucune idée d'où je viens. Jusqu'ici, je m'en accommodais, c'est cette révélation qui a tout changé et qui m'a fait me rendre compte que ça me tracassait sans que je veuille me l'avouer. Si tu n'es pas d'accord pour que nous le fassions ensemble, je comprendrais très bien. Sache toutefois que je le ferai tout seul. Je m'engage dans ce cas à ne pas te faire connaître ce que je pourrais découvrir. Ne me réponds pas tout de suite, prends le temps de réfléchir, je ne suis pas pressé.

Elle ne disait rien. J'ai cru qu'elle allait se mettre à pleurer. Je me traitais d'imbécile. Je n'aurais pas dû être aussi direct. Je l'avais peut-être froissée.

RACHEL

Je savais qu'on en arriverait là. Je le savais dès que Simon m'avait interrogée sur mon passé. À cet instant, je ne savais pas quoi lui répondre. Je n'étais pas contre le fait de faire des recherches sur nos racines communes. J'étais quand même effrayée. Je m'étais toujours doutée que le silence de ma mère cachait bien des choses qu'il ne serait peut-être pas bon de mettre à jour. Je n'étais pas certaine de sortir indemne de cette quête. J'avais toujours vécu dans l'obscurité, que m'apporterait la lumière ? Cependant, je comprenais la curiosité de Simon, je n'avais pas le droit de l'empêcher de connaître d'où il venait. Il n'avait pas eu la même vie que moi, il avait vécu dans une famille au vrai sens du terme, il avait été heureux. Il n'était pas bête, mais il n'imaginait pas ce qu'il pourrait découvrir. Je sentais confusément que lui aussi pourrait voir ses bases s'effondrer.

Je revoyais l'expression de ma mère quand je l'interrogeais, il y avait de la souffrance à n'en pas douter. Je m'étais bâti une histoire puisque la mienne était un grand vide et que la nature a horreur du vide. Ma mère avait été follement amoureuse de mon père qui l'avait trahie, abandonnée ou peut-être pire. Elle le considérait comme un être abject et c'est pour ça que moi, sa fille, je lui rappelais tous les jours. C'est pour ça qu'elle ne m'aimait pas, elle ne pouvait pas m'aimer.

J'ai dit oui à Simon, quelque chose de plus fort que la raison me poussait à le faire. Il en a été soulagé, il avait peur que je refuse. Je restais toujours à ses yeux, cette fille repliée sur elle-même, après ce qu'elle a subi dans son enfance.

- Je ne pensais pas que tu accepterais, je t'en remercie et je serais heureux de faire ce bout de chemin avec toi. Je ne sais pas où il nous conduira et ce que nous serons amenés à découvrir, mais je te promets que je te protégerai.
- Crois-tu que nous allons courir des dangers, que nous risquons notre vie, que nous allons avoir affaire avec la mafia ou quelque chose comme ça ?

Je préférais plaisanter. Simon n'a pas ri.

- Nous nous tiendrons la main comme des enfants qui ont peur d'avancer dans le noir.

Il devenait grandiloquent !

- Je ne sais pas ce que nous allons découvrir, mais je suis sûr que ça nous aidera à construire notre futur.

Je ne sais pas ce qu'il entendait par là. Quel futur ?

- J'espère que tu dis vrai !
- Moi aussi !

Peut-être avais-je là une opportunité de devenir autre que cette fille qui vivait pratiquement en autarcie, sans amis, sans joies, et qui n'avait que très peu de chance de connaître le bonheur.

- Par quoi allons-nous commencer ? Si on récapitule, nous n'avons pas grand-chose à part ces analyses de sang qui tendraient à prouver que nos liens sont très proches. Cette concordance dans nos groupes sanguins est à éclaircir. Mon père est prof, il a des collègues scientifiques qui pourraient nous expliquer les mystères des gènes.
- Le plus simple serait de refaire des tests ADN.

- C'est par là que nous allons commencer. Puis nous creuserons du côté de ta mère.

Simon était pressé, je l'étais beaucoup moins. J'avais beau me dire que quoi que je puisse apprendre sur mes origines, cela ne m'empêcherait pas de vivre, j'avais très peur. Était-ce prémonitoire ? Je ne croyais pas beaucoup à ces choses-là, pourtant je sentais que nous ne sortirions pas indemnes de cette affaire. Enfin, ma mère était morte et ce que je pourrais apprendre sur elle n'avait aucune importance. Je ne lui devais rien et le souvenir que je gardais d'elle ne pouvait pas être plus altéré.

Je me gardais bien de faire part de mes interrogations à Simon qui partait déjà bille en tête. Il ne se rendait pas compte que je traînais des pieds à le suivre.

Nous avons trouvé un labo sur internet, Simon ne se souvenait plus de celui qu'il avait contacté la dernière fois. Celui-ci promettait de nous faire découvrir nos origines avec plus de quatre-vingt-dix pour cent d'exactitude. Pouvions-nous lui faire confiance ? Nous n'avions pas le choix. Nous avons respecté scrupuleusement les consignes et il ne nous restait plus qu'à attendre les résultats.

En attendant, nous goûtions le plaisir d'être ensemble. Simon me forçait à sortir, il était infatigable. J'avais peur pour sa santé, il refusait toute prudence.

- Si tu tombes malade, ta mère ne me le pardonnera pas !
- Si tu savais le bien que ça me fait de ne plus l'avoir sur le dos. J'adore cette femme et elle me le rend bien, mais quelquefois son amour pour moi est bien pesant. Avec elle, je me sens encore un tout petit garçon, et depuis ma maladie, elle m'a encore fait régresser. Ici, avec toi, je me sens libre et heureux comme un jeune homme. Je ne suis plus malade, je veux vivre comme un jeune homme et j'ai beaucoup de temps à rattraper.

Je n'avais aucun ami à lui présenter. Il s'en était étonné.

- Comment, une jolie fille comme toi n'a aucun prétendant ! Simon adorait les termes surannés. Les jeunes nantais sont tous aveugles, ma parole.
- Aucun prétendant, aucun mec. Je dois être invisible !
- Bon, nous sommes assez tous les deux !

C'était alors : cinéma, expositions, musée, il voulait tout voir. Nous découvrions aussi que nous avions beaucoup de goûts en commun. Il me faisait rire aussi, personne ne m'avait jamais fait rire. J'étais heureuse.

Les résultats arrivèrent une semaine plus tard. J'ai trouvé l'enveloppe dans ma boîte aux lettres en rentrant du travail. Je me suis précipitée chez ma mère où Simon m'attendait pour aller au théâtre. Il a failli m'arracher l'enveloppe des mains, car je tardais à l'ouvrir.

- Alors, qu'est-ce que tu attends ? Ouvre vite !
- Je ne sais pas, je suis anxieuse.
- Non, ouvre !

Je ne pouvais pas ! Je tremblais, une sorte d'angoisse m'avait envahie. Je lui ai tendu l'enveloppe. J'étais sur le point de m'évanouir, je voyais trouble. Simon ne se rendait compte de rien. Il arracha l'enveloppe, lutta pour sortir la lettre qui ne resta pas longtemps pliée. Un cri sorti de sa gorge me fit émerger de ma torpeur. Un cri qui s'enfla et finit dans un grand éclat de rire.

- Je le savais ! Je le savais !

Je restais paralysée, je n'avais pas la force de lui demander ce qu'il savait. Puis, comme s'il m'avait oubliée et qu'il me redécouvrait à ses côtés, soudain :

- Je le savais, nous sommes réellement frère et sœur !
- Ce n'est pas possible, ma mère n'a jamais eu que moi, c'est une erreur. Elle ne m'a jamais parlé d'un autre enfant qu'elle aurait eu après moi, puisque tu es né après moi.
- Et pourtant le test est formel. Il semblerait même que nous ayons tant de points communs dans les gènes que nous aurions, non seulement la même mère, mais aussi le même père.
- Je n'y comprends rien !

J'étais épuisée, comme si j'avais couru un marathon. Je ne pouvais plus parler. Simon, lui, était de plus en plus excité.

- Tu n'es pas contente de m'avoir comme frère ? Moi je suis si heureux que tu sois ma sœur. Tu es blanche comme un linge, assieds-toi ! Je vais te chercher un verre d'eau. Les émotions, ça ne te réussit pas.

Avant que j'aie eu le temps de réagir, il me serrait dans ses bras. Bêtement, je me suis mise à pleurer. Je ne pouvais plus m'arrêter. Certes, j'étais heureuse qu'il soit mon frère, mais je venais de me rendre compte que ma mère avait abandonné son enfant, qu'elle l'avait abandonné lui et m'avait gardée moi. Pourquoi ?

Je revoyais les yeux de ma mère quand je lui posais des questions sur le fait que nous n'avions pas de famille, son refus de me répondre. Ce que je voyais alors dans ce regard me donnait la chair de poule. Y avait-il dans ses pensées un nouveau-né qu'on lui avait enlevé et qu'elle n'avait même pas voulu voir ? Que s'était-il passé à la naissance de Simon ? J'avais à peine plus d'un an, qui était présent ? Qui me gardait pendant que ma mère accouchait ? Où étions-nous ? Toutes ces questions qui arrivaient en trombe me laissaient étourdie. Je ne savais pas quoi dire à Simon.

Pour lui, c'était simple, il venait de se découvrir une sœur, moi, et ça le ravissait. Il n'avait pas encore mesuré l'étendue de cette révélation. Je craignais quand viendrait le moment où il allait me demander de lui parler de ma mère, qui était aussi la sienne. Il aurait certainement envie de mieux la connaître, c'était logique. Qu'allais-je bien pouvoir lui dire ? Je lui avais raconté ce que j'avais vécu avec elle, le manque d'amour, l'indifférence, la solitude de notre vie, rien qu'elle et moi. Il avait écouté mon histoire, mais, à ce moment-là, ce n'était que mon histoire à moi. Il m'aimait bien, il avait compati et voilà que ça devenait aussi son histoire. Il allait se montrer plus curieux, il aurait envie de connaître cette femme qu'il découvrait comme sa mère ; que pourrais-je bien lui dire qui ne le rende pas malheureux? Elle avait quand même passé le reste de sa vie sans jamais une fois l'évoquer, peut-être même sans jamais penser à lui. Que ressent-on quand vous apprenez ça ?

- Viens, allons fêter ça ! Sèche tes larmes, il n'y a pas de quoi pleurer. Au contraire

Il avait peut-être raison. Voilà que de sans famille, je me retrouvais avec un frère. Je ne serais plus seule, il y avait de quoi se réjouir. Pourtant, au fond de moi, quelque chose me disait que l'avenir nous réservait encore bien des surprises et qu'elles ne seraient pas toutes aussi bonnes.

Pour ne pas peiner Simon, je l'ai laissé m'entraîner au restaurant. Contrairement à mes habitudes, j'ai bu un peu plus que de coutume et je me suis jointe à la joie de mon frère. J'avais encore du mal à le penser mon frère. On verrait bien demain !

SIMON

J'en étais sûr, mais ça me faisait quand même drôle : Rachel était bel et bien ma sœur ! Tout était clair à présent. Si nous nous étions si bien entendus depuis le début, si l'affection avait commencé à nous lier, ce n'était pas simplement dû à son grand cœur qui l'avait poussée à me venir en aide. Si ce n'était pas la reconnaissance de ce que je lui devais, c'était les liens du sang qui nous unissaient. Bien sûr, l'amour peut être là où il n'y a pas de liens du sang, ma famille adoptive en était la preuve, mais tout de même, Rachel et moi avions ressenti cette affection fraternelle avant même qu'elle ne nous soit révélée. J'avais une sœur, j'avais encore du mal à y croire. Lorsque j'ai vu Rachel se mettre à pleurer, je n'ai pas compris. Moi, j'étais fou de joie, elle pleurait. Je pense que c'était trop d'émotion pour elle. Elle qui n'avait plus de famille se découvrait un frère tout neuf. Elle ne s'arrêtait pas de pleurer sans rien dire, je restais là comme un idiot sans savoir quoi faire.

Enfin, elle s'est calmée. J'aurais voulu la prendre dans mes bras, mais je n'osais pas. Pour moi, ça aurait été un geste tout à fait normal, pour elle j'ignorais ce qu'elle penserait. Je lui ai simplement proposé d'aller arroser ça. Elle n'a pas dit non. Après deux coupes de champagne, elle est redevenue la jeune femme gaie que je connaissais. Réservée toujours, mais souriante. Elle plaisantait même :

- Je vais devoir veiller sur toi maintenant que je suis grande sœur !
- Arrête, j'ai déjà assez de ma mère, je ne supporterais pas une autre femme dans ma vie.
- Il va pourtant bien falloir que tu t'y fasses.
- Au secours, je vais m'exiler, loin de vous tristes femelles !
- Jamais, je ne te lâche plus à partir de maintenant.
- Et moi qui pensais être débarrassé de ma mère maintenant que je vais bien, je vais devoir acheter plus de fleurs et de cadeaux à Noël.
- Ça va te coûter cher !

Elle riait, mais je la voyais fatiguée. Les émotions la touchaient plus que moi. Je l'ai raccompagnée à son appartement et comme je n'avais pas sommeil, je suis allé marcher en évitant de trop penser. Demain était un autre jour.

Le lendemain, j'avais quartier libre. Rachel avait posé des congés, mais elle devait terminer quelques travaux avant de s'absenter. Je ne l'ai retrouvée que le soir. Il faisait beau, la ville était très agréable, je n'avais pas envie de m'enfermer. J'étais allée l'attendre à la sortie de son bureau. Je venais chercher ma sœur, elle était soudain devenue encore plus importante pour moi. Aurait-elle eu la même importance si nous avions été élevés ensemble ? Je n'aurais pas su le dire. C'était étrange, je ne la voyais plus de la même façon, d'amie chère elle était à présent de ma famille. Il n'y avait plus le mystère de notre entente si profonde, elle était devenue naturelle. C'était tout nouveau pour moi, mais j'aimais bien ça.

Il y avait aussi tant de questions qui se bousculaient dans ma tête et que je redoutais de mettre sur le tapis. Si je me sentais intimement lié à Rachel, je ne la connaissais pas encore très bien et je ne voulais surtout pas la heurter. J'avais senti son émotion à l'annonce de la nouvelle et j'étais sûre qu'elle aussi se questionnait. Je comprenais que son rapport avec sa mère était un grand mystère pour elle. Tout ceci pourrait impliquer une remise en question de ce qu'elle avait toujours pensé d'elle. Leurs rapports déjà très difficiles sembleraient encore plus douloureux avec cette révélation de mon existence. Elle n'était plus en vie, elle ne pourrait pas s'expliquer, les réponses pourraient être méconnues à jamais. Pour moi, découvrir qui était ma mère, cette femme que j'avais contactée et qui était morte avant d'avoir pu me répondre avait été une surprise, mais pas un grand bouleversement. Je savais depuis toujours que j'avais été abandonné par une inconnue. Quelle qu'elle soit, ne changerait pas les choses. Pour Rachel, c'était différent, elle s'était toujours crue enfant unique et voilà qu'elle apprenait que sa mère avait eu un autre enfant, après elle, et qu'elle n'en avait pas voulu pour une cause indéterminée. Leur relation n'avait pas été empreinte d'affection, cependant elle croyait la connaître, elle devait revoir toute l'idée qu'elle s'en était faite.

Tandis que nous revenions à pied jusqu'à chez elle, je la sentais tendue.

- Si tu as besoin de temps pour réfléchir, je le comprendrais très bien. Nous avons beaucoup de choses à mettre au point, mais ça peut attendre.
- Je ne suis pas très à l'aise avec tout ça, je ne m'attendais pas à ça, je dois le reconnaître. Je sais que tu te poses beaucoup de questions et je ne suis pas sûre de pouvoir t'apporter des réponses. Nous nageons tous les deux dans le brouillard. Je me rends compte que je n'ai pas

connu beaucoup de choses sur ma mère. Il y aura peut-être encore bien des surprises. Autant affronter la réalité le plus tôt possible.
- Je ne voudrais surtout pas te causer la moindre gêne et encore moins te faire de peine. N'hésite pas à me dire si je vais trop loin, si je heurte ta sensibilité. Je me montre parfois trop impatient, voire trop direct.
- Je t'ai parlé de mon enfance, de mes relations avec ma mère, je n'ai pas comme toi, l'habitude d'extérioriser ce que je ressens. Je n'ai aussi que très peu de notions des relations humaines. Avant de débarquer chez toi, j'ignorais totalement ce que pouvait être une vie de famille. Je ne savais pas parler de sentiments. Avec mon entourage, mes camarades de classe, puis mes collègues de travail, j'ai toujours fait semblant pour me comporter comme eux, comme elles. Je regardais comment ils s'y prenaient et j'essayais de copier leurs attitudes, leurs comportements. C'était difficile, mais j'y parvenais au prix de gros efforts. Je ne savais pas quels pouvaient être les rapports entre gens qui s'aiment. Dans ta famille, j'avais l'impression d'être sur une autre planète dont

je ne connaissais ni la langue ni les codes. Toutefois, ce que j'ai ressenti s'approchait plus du plaisir que de la gêne. J'avais peur de blesser tes parents en n'ayant pas l'air de répondre à leur sollicitude, j'avais peur de leur paraître indifférente, impolie. Je voulais leur faire comprendre que j'étais très touchée, mais je ne savais pas comment faire vraiment. Je suis une handicapée des sentiments.

- Je pense que mes parents sont assez intelligents pour avoir senti que tu n'étais pas à l'aise. En tout cas, ils ont eu vite fait de t'adopter.
- Parce que je venais pour sauver leur fils.
- Pas seulement, ils ont bien senti qu'au fond tu valais la peine d'être aimée. Et pour ça ma mère est championne. Cela dit, je comprends très bien ce que tu peux ressentir, j'ai conscience de tes difficultés, je vais essayer de ne pas te brusquer. Je pense néanmoins que tu as déjà fait beaucoup de progrès. Depuis que je te connais, je t'ai nettement vu t'ouvrir petit à petit. Tu es encore loin d'être extravertie et loin d'être épanouie, mais je te trouve beaucoup mieux.

- C'est seulement avec toi, sans doute les liens du sang qui parlent. Je pense que tu voudrais que je te parle de notre mère ; tu voudrais certainement apprendre à la connaître. J'ai bien peur que ta connaissance n'aille pas très loin. J'ai toujours eu le sentiment, après sa mort de ne l'avoir pas connue moi-même. C'est comme si j'avais vécu pendant toutes ces années avec une étrangère, et encore plus depuis ce que nous venons de découvrir.

J'aurais voulu tout savoir, j'avais mille questions à lui poser, mais c'était difficile et je savais que je n'aurais que très peu de réponses. Comment Rachel avait-elle pu vivre auprès de sa mère sans avoir pu vraiment communiquer avec elle ? Comment avait-elle pu grandir dans un tel silence ? Je n'aurais jamais pu, je crois que j'aurais tout fait pour la faire parler. J'ai beau jeu de dire ça, moi qui ai connu depuis tout petit une atmosphère ouverte, franche et bienveillante au sein de ma famille. Je pouvais tout dire, tout demander à mes parents, ils écoutaient et répondaient avec clarté. Qu'aurais-je fait à la place de Rachel ? Je n'en ai aucune idée.

Rachel était de bonne volonté, elle assurait qu'elle répondrait à toutes mes questions tant qu'elle le pourrait.

- Commençons par le commencement : décris-moi notre mère.
- Je vais essayer. C'était une très belle femme, grande blonde, mince. Elle aurait été encore plus belle si elle n'avait toujours eu ce regard éteint. Je dis éteint, car je ne trouve pas d'autre terme pour décrire cette tristesse et à la fois cette indifférence qui faisait qu'on avait toujours l'impression qu'elle ne vous regardait pas ou plutôt qu'elle regardait au travers de vous. On aurait dit que rien ne pouvait l'intéresser et qu'elle luttait pour rester en vie. C'est très compliqué à décrire. Elle avait aussi, toujours cette volonté de bien faire, comme si elle redoutait qu'on la prenne en faute. Pourtant c'était seulement par peur et non pas vraiment par volonté. Du moins c'est ce que je ressentais. Si elle a tout fait pour bien m'élever, ce n'était pas par affection, seulement pour bien agir. Je ne sais pas si tu vois ce que je veux dire. Je ne l'ai jamais vu sourire vraiment, son sourire était vide et de

simple politesse. Elle ne me faisait jamais de reproches quand je me conduisais mal, elle n'avait qu'à me regarder avec ces yeux las pour que je me sente tellement coupable que je ne recommençais plus. Elle parlait très peu et uniquement pour les choses essentielles. Elle était très polie, n'hésitait jamais à rendre service, mais fuyait toute forme de remerciement. Je ne lui ai jamais connu d'amie, uniquement des collègues, jamais connu d'amants. Je n'ai jamais entendu dire du mal d'elle, ni par les voisins ni par ses collègues. Je vais essayer de te trouver une photo, maintenant que je te regarde avec des yeux de sœur, je trouve que tu as ses yeux, en plus vivants et frétillants de vie, sa bouche, mais que la sienne était toujours pincée comme celle des gens qui ont souffert, la tienne est toujours prête à sourire. Cela dit, tu lui ressembles.

- - Tu m'as parlé de son indifférence à ton égard, elle ne t'a jamais maltraitée ?
- Jamais, même dans ma petite enfance, je n'ai jamais eu de fessée. Sa seule arme était son regard, même pas menaçant qui me tenait à distance.

- Tu n'avais personne à qui te confier ?
- Nous ne fréquentions personne, il n'y avait qu'elle et moi et elle ne m'a jamais incitée aux confidences.
- Comme tu as dû être malheureuse !
- Pas tant que ça, j'ignorais que ça aurait pu être autrement.
- Tu ne voyais pas les autres enfants autour de toi ?
- Si peut-être, je ne devais pas vouloir voir que leur vie n'était pas comme la mienne. Plus grande, j'ai connu une fille, la seule copine que j'aie jamais eue, les autres filles ne me regardaient pas, j'étais transparente pour elles, c'était à la fin de l'école primaire. Elle s'appelait Audrey, son père buvait, il était très violent, il battait sa mère et même elle parfois quand sa mère n'était pas là. Elle était vraiment malheureuse. Je me disais que j'avais de la chance de ne pas avoir de père et de ne pas connaître la peur d'être battue. Sa mère a fini à l'hôpital psychiatrique et elle a été envoyée en famille d'accueil, je ne l'ai jamais revue. Plus tard, j'ai connu aussi des familles dysfonctionnelles chez des camarades de cours. Ça m'a permis de relativiser. Je savais

confusément qu'au fond d'elle, ma mère cachait quelque chose qui la faisait souffrir. Ce qui faisait que je ne savais pas lui en vouloir. Quelque chose qui me faisait peur et que je ne voulais pas connaître. C'était comme si je sentais que si je connaissais les secrets de ma mère, j'en souffrirais aussi. Il y avait une force qui me poussait à me protéger. Je ne sais pas si tu peux comprendre, je ne le comprends pas très bien moi-même. J'ai donc grandi comme j'ai pu.
- Tu n'as jamais essayé de te rapprocher d'elle, même sans la questionner, quand tu as été plus grande.
- Si, plusieurs fois, mais quand j'ai compris que c'était inutile, que je me heurtais toujours à un mur, j'ai renoncé. Elle ne se fâchait pas, ne montrait aucun signe de colère, elle restait simplement muette comme pétrifiée et ne donnait plus signe de vie avant que je me sois tue. Je l'ai souvent surprise à me regarder d'une drôle de façon.
- Tu veux dire comment ?
- Je ne saurais pas vraiment le définir. Je dirais avec comme une sorte de regret, d'impuissance. Je l'ai sentie parfois sur le point

de me dire quelque chose, je ne saurai jamais quoi. C'était très diffus, je me demandais si je n'ai pas rêvé.
- Elle t'aimait peut-être malgré tout.
- J'ai voulu me le dire tant de fois.
- Et tu m'as dit qu'elle ne te parlait jamais de sa famille.
- Quand je lui ai posé la question, la première fois, je devais avoir une dizaine d'années, elle m'a simplement répondu : ils sont tous morts. Elle a dit ça sur un ton sans réplique. J'ai fini par le croire, je n'avais pas le choix. Quand tu m'as appris qu'elle avait changé de nom, j'ai compris qu'elle avait voulu rompre avec cette famille. J'étais habituée à tous ses mystères. Elle était morte, ça n'avait plus d'importance. Contrairement à toi, je n'ai jamais vraiment éprouvé le besoin de les percer à jour.
- Mais aujourd'hui, je suis là !
- C'est pourquoi je te suis. Je le fais pour toi, pas pour moi.

RACHEL

Comment faire voir à Simon ce que j'avais vécu avec notre mère, il ne pourrait jamais comprendre. Je voyais sa soif de savoir et je mesurais mon impuissance à satisfaire sa curiosité. Je mesurais aussi sa déception. Il y avait tant de choses qui étaient restées inaccessibles pour moi. Je pouvais à peine la décrire physiquement, je ne l'avais pas beaucoup regardée, je m'en rendais compte à présent. Je ne savais pas s'il y avait quelque part une photo d'elle autre que celle qui figurait sur sa carte d'identité, un visage figé, sans expression, des yeux qui fixaient le vide, elle ne rendait pas hommage à la beauté que je lui avais connue. Lorsque j'avais cherché les papiers nécessaires aux formalités liées à son décès, j'avais paré au plus pressé. Dès que j'avais trouvé les documents nécessaires, je n'avais pas cherché plus loin. Par la suite, trop préoccupée par la santé de Simon, je n'étais plus revenue dans cet appartement pour poursuivre mes recherches. Ses vêtements étaient encore dans l'armoire. Il n'y avait pas beaucoup de meubles, mais encore des tiroirs que je n'avais pas ouverts. Seule, je n'aurais peut-être pas eu le courage d'y regarder. Aujourd'hui, il y avait Simon et je voulais lui apporter toute mon aide afin qu'il connaisse un peu celle qui avait tout juste eu le temps de lui donner le jour.

Dans la cuisine, nous n'avons trouvé que des recettes découpées dans des magazines. Ma mère était très bonne cuisinière, j'avais toujours très bien mangé, elle aimait cuisiner. Il y avait aussi des notes de supermarché, un cahier sur lequel elle notait ses dépenses. Elle avait l'habitude de compter. Elle était seule pour m'élever, ça n'avait pas dû être facile tous les jours. Je n'avais jamais manqué de rien sur le plan matériel. Toujours vêtue correctement, pas de cadeaux, mais tout ce qu'il fallait pour que je ne sois pas montrée du doigt par les autres enfants. Dans le meuble du salon, tout au fond d'un tiroir, sous des dépliants publicitaires, nous sommes tombés sur une photo aux couleurs passées. Sur cette photo, un couple et un bébé. À en juger par les vêtements de la femme, elle datait des années 70. La femme, très belle, portait une jupe longue colorée, un tee-shirt long garni de dentelle, sa coiffure courte et dégagée dans la nuque était bien une coupe de ces années-là. Le bébé pouvait être ma mère, elle était née en 1972. La tête de l'homme était presque effacée, comme si on l'avait frottée avec le bout du doigt des centaines de fois. Je n'avais jamais vu cette photo.

- Tu crois que ça pourrait être nos grands-parents ?

- C'est possible, je n'ai jamais vu cette photo.

Il n'y avait aucune indication au dos de la photo. Nous l'avons mise de côté. Dans la bibliothèque, quelques livres, des romans à la mode. Je ne me souvenais pas que ma mère lisait. Elle avait dû s'y mettre quand elle avait été seule après mon départ. J'en ai pris un au hasard pour lire la quatrième de couverture, j'ai toujours adoré les livres qui ont été mes seuls compagnons pendant mes jeunes années. Je le feuilletais quand je suis tombée sur une autre photographie. Beaucoup plus récente, celle-là. Ma mère y figurait en compagnie d'un homme. Le bras de l'homme était posé sur ses épaules. Il arborait un sourire ravi. On ne voyait pas son autre bras. Il devait prendre un selfie. Ma mère ne souriait pas, elle semblait même gênée par le bras autour d'elle. Ainsi, elle avait fini par faire une rencontre. Je n'en étais pas étonnée, elle était belle encore dans l'éclat de sa jeune quarantaine. Pourtant, elle n'avait pas l'air d'être heureuse. On aurait presque dit qu'elle voulait échapper à l'étreinte de l'homme, un très bel homme par ailleurs.

- Tu avais connaissance de cet homme ? me demanda Simon.

- Non, pas du tout. Je suppose que s'il y avait eu relation, elle aurait cessé. Aucun homme ne s'est manifesté à son décès.
- C'est vrai qu'elle était belle. Tu lui ressembles.
- Je ne suis pas aussi belle qu'elle.

Simon n'a pas répondu. C'était vrai. Nous n'avons rien trouvé de plus.

- Tu as encore le vieux passeport dont tu m'avais parlé ?
- Il doit toujours être dans la valisette, au fond de l'armoire.

Il ne nous a pas appris grand-chose de plus. La photo était vieille et guère plus expressive que celle de la carte d'identité. Simon semblait perplexe.

- Lorsque le lointain cousin lui avait donné le nom de notre mère, il n'était pas le même que celui qui figurait sur les papiers d'identité.
- Si elle a changé de nom, c'était certainement pour une bonne raison, on ne peut pas changer de nom comme ça ! Elle devait fuir quelque chose, c'est pour ça qu'elle prétendait ne pas avoir de famille. Peut-être même qu'elle se cachait.

- Notre père par exemple, elle ne voulait pas qu'il la retrouve.
- C'est possible, mais pourquoi avoir tiré un trait sur ses parents ?
- Ils étaient peut-être réellement morts.

Je mesurais alors la multitude de cas que nous pourrions envisager.

- Il faut mener l'enquête, déclara Simon d'un ton péremptoire.

Puis il se tourna vers moi.

- Tu t'en sens capable ?

Honnêtement, je ne le savais pas. Tout s'embrouillait dans ma tête. Après toutes ces années de refus de voir, j'avais du mal à concevoir d'en savoir plus sur ma mère, sur ma famille. J'avais le sentiment d'aller mettre mon nez dans des affaires qui ne me concernaient pas. Et pourtant, j'étais bel et bien concernée. J'avais aussi un peu peur de ce qui se cachait derrière les silences de ma mère. Malgré tout, une petite voix me disait que je pourrais comprendre l'attitude de ma mère et cette indifférence à mon égard.

- Je te suis.
- On ne sait pas ce que l'on pourrait découvrir, je ne voudrais pas bouleverser ta vie.
- Je crois qu'elle est déjà pas mal bouleversée.
- Pour moi, c'est un besoin de savoir. Avant ma maladie, je vivais au jour le jour en pleine inconscience. À présent, je ressens le besoin de me trouver des bases, de ne plus être suspendu dans l'espace, dans le temps comme j'avais toujours l'impression d'être.
- Tu as raison. J'ai fermé les yeux trop longtemps et je me rends compte que la vie que je menais jusqu'à présent était comme une prison. Je ne voyais que les murs. Je dois chercher les clés pour me libérer. Advienne que pourra, nous devons chercher qui était cette femme qui fut notre mère, ce qui l'a poussée à t'abandonner et à m'élever dans ce palais de glace.
- N'oublie pas que nous sommes deux à présent, nous pourrons toujours faire face. En unissant nos forces, nous serons capables de tout surmonter.

Je me laissais entraîner par l'énergie de Simon. J'étais presque excitée par cette aventure. Un état que je n'avais jamais connu, moi, le calme incarné. S'il n'y avait eu cette crainte indéfinissable, j'aurais été heureuse d'entamer ce parcours avec lui.

Simon

C'était grave ce que nous allions faire, fouiller dans la vie d'une morte, déterrer ce qu'elle avait voulu enfouir. Mais si elle n'était plus là, Rachel et moi étions bien vivants et pour poursuivre notre chemin, nous avions besoin de réponses. Je voulais aussi le prendre comme un jeu ce qui permettrait à Rachel de se rassurer une peu. Une sorte de chasse au trésor. Je ne sais pas si elle me suivrait dans cette optique, mais je devais essayer.

J'avais regardé les photos avec elle, j'avais du mal à penser que cette très belle femme était ma mère biologique. Claire, ma mère adoptive était loin d'être laide, mais à côté de Marjorie elle aurait fait pâle figure. Sauf pour la chaleur humaine, Claire était perpétuellement souriante et pleine de vie, alors que Marjorie semblait porter la misère du monde. Et le type à ses côtés, pourrait-il être notre père ? Peu probable, la photo était récente. À moins qu'il ne soit réapparu dans la vie de Marjorie beaucoup plus tard, ce qui expliquerait la gêne de notre mère. Il n'avait fait alors que passer puisque Rachel n'en avait jamais eu connaissance. Il était plus plausible de penser qu'il n'avait aucun rapport avec nous. Un collègue de travail, une brève aventure. Elle avait quand même gardé la photo ; la seule avec celle de ses parents. Nous avions tant de choses à découvrir.

Pour rester pragmatique, je me suis mis à récapituler le peu d'indices que nous possédions. Le peu pour ne pas dire rien. La date et le lieu de naissance de Marjorie, on pourrait partir de là. Elle était née à Compiègne sous le nom de Grandval.

Soudain, Rachel s'écria :

- Il y a aussi la clé !
- Quelle clé ?
- Une petite clé qui était dans la valisette avec les papiers. Le notaire dit que ça ressemblait à une clé de coffre à la banque.
- Elle avait un compte à quelle banque ?
- Au Crédit Lyonnais, mais le compte a été fermé à son décès.
- On peut quand même aller voir, il se peut que le coffre soit toujours là et qu'il y ait quelque chose dedans qui pourrait nous être utile. Nous irons demain matin.

Le lendemain matin, à la première heure, nous étions à la banque. Rachel a expliqué qu'elle avait trouvé cette clé dans les affaires de sa mère décédée. L'agent qui nous a reçus a reconnu immédiatement que c'était la clé d'un coffre de leur agence. Il n'y avait pourtant aucun coffre au nom de Marjorie Laval.

- Essayez au nom de Marjorie Grandval.

Effectivement, il y avait bien un coffre à ce nom. Pour l'ouvrir, il nous fallait le certificat de décès de notre mère, et la preuve de la filiation de Rachel. Seulement tous ces papiers étaient au nom de Laval. Nous n'étions pas plus avancés. Encore heureux que l'agent ait accepté de nous répondre que Marjorie Grandval avait bien un coffre chez eux.

Aux grands maux les grands remèdes, mon parrain allait bien nous trouver une solution. Toujours borderline, mais c'était pour la bonne cause, nous n'étions pas des malfaiteurs et Marjorie Grandval était bien la mère de Rachel tout à fait légalement. Il ne lui fallut pas longtemps pour effectuer les recherches et nous faxer l'état de changement de nom de Marjorie. Il aurait fait n'importe quoi pour moi et encore plus depuis que j'avais failli y passer.

Retour à la banque. Cette fois, nous avions tout en main pour pouvoir faire ouvrir le coffre. Je ne sais pas à quoi je m'attendais, il n'y avait dans ce coffre qu'une somme d'argent en liquide. Plus de deux cent mille euros.

- Je ne comprends pas, ma mère a toujours tiré le diable par la queue et elle avait tout cet argent !

Elle demanda depuis quand sa mère avait ce coffre. L'agent chercha puis lui dit qu'il y avait plus de vingt ans que ce coffre était ouvert. Ce qui expliquait le nom de Grandval, elle n'avait pas encore changé de nom. Elle avait dix-huit ans à l'époque. Juste l'âge légal pour être majeure et indépendante.

- Je me demande d'où vient cet argent, s'étonna Rachel après l'avoir récupéré et déposé sur son compte.
- Comment le savoir ?
- Pourquoi ce coffre, elle avait un livret de Caisse d'Épargne ?
- C'est peut-être son héritage auquel elle n'aurait pas voulu toucher.
- Je suppose.
- Encore un mystère de plus. En tout cas, te voilà riche !

Rachel m'a regardé comme si elle n'avait pas compris.

- Cet argent est à toi.
- Il est à toi aussi !
- Légalement non, je ne suis pas son fils.
- Moralement, je dois partager.
- Pas du tout, et puis je n'ai besoin de rien, mes parents sont plus qu'aisés et toi tu en auras bien besoin.
- Je ne veux pas y toucher. On ne sait pas d'où il vient. Je vais le placer et le laisser là en attendant.
- Tu as raison, on verra plus tard quand on aura tout éclairci.

Je commençais à trouver ce petit jeu amusant, mais je savais qu'il n'en était pas de même pour Rachel. Je la sentais tendue quand nous sommes sortis de la banque.

- Ça va, on dirait que tu es toute triste ?
- Triste, un peu, mais surtout complètement perdue. Je ne sais pas comment l'expliquer, j'ai l'impression de mettre mon nez dans des affaires qui ne me regardent pas, de pénétrer par effraction dans la vie d'une inconnue qui était toutefois ma mère.
- Je te comprends, dès que tu le dis, on arrête tout.

- Non, il faut juste que je m'habitue. C'est difficile pour moi.
- J'ai tellement hâte de savoir que j'en oublie que tu ne ressens pas les mêmes choses que moi. On va faire une pause. Je t'invite au restaurant ce soir, puis on ira au cinéma, j'ai repéré un film qui pourrait te plaire.
- Tu es un amour, c'est vrai que j'ai besoin de penser à autre chose. On ne parlera plus de la famille. Je n'ai pas l'habitude non plus qu'on s'occupe de moi comme ça.
- Ça ne te dérange pas, au moins ?
- Pas du tout, c'est même très agréable.

J'ai passé la soirée à essayer de la distraire. Je sais être drôle et j'ai pas mal d'imagination. Nous avons retrouvé notre grande complicité d'avant la révélation de notre fraternité. Je me suis couché après avoir raccompagné Rachel chez elle. Je ne pouvais pas dormir, je me faisais des scénarii à n'en plus finir.

J'avais appelé mes parents pour leur faire part de notre grande découverte. La première surprise passée, ma mère m'a mis en garde.

- Tu es sûr de vouloir aller jusqu'au bout ? Tu ne sais pas ce que tu pourrais découvrir.

- Je me fais plus de souci pour Rachel. Moi, je vous ai, vous avez toujours été mes parents et quoi que je puisse apprendre sur ma mère biologique, j'ai une vraie maman.

Je vois d'ici, ma mère écraser une larme, elle n'a pas l'habitude que je lui parle comme ça depuis que je suis adulte.

- Tu sais que tu peux compter sur nous quoi qu'il arrive et Rachel aussi. Elle est devenue notre fille adoptive du fait.
- Elle va certainement avoir besoin de vous.

Le lendemain matin, j'ai proposé à Rachel d'aller faire un tour à Compiègne pour consulter les archives et essayer d'en apprendre plus sur nos grands-parents.

Rachel

C'est très tôt que nous sommes partis le lendemain matin pour Compiègne. C'était un peu comme si nous partions en vacances. J'avais posé huit jours de congés et même si je redoutais ce qui nous attendait à l'issue de cette quête, je me sentais bien avec Simon. Je faisais tout mon possible pour ne pas anticiper. Il faisait beau et nous avions décidé de prendre tout notre temps sur les petites routes. Je conduisais prudemment ; Simon n'arrêtait pas de parler de tout et de rien. Je sentais sa nervosité et les efforts qu'il faisait pour ne pas parler de ce qui nous tracassait tous deux. Il me racontait des anecdotes de sa vie d'étudiant, sa vie d'avant la maladie, ce qu'il avait ressenti en découvrant la gravité de son mal, la réaction de ses parents. Cette dernière partie aurait pu être très triste, mais il avait une façon bien à lui de présenter les choses qui empêchait toute pitié, l'humour était toujours présent.

- J'aurais quand même fait un beau mort, disait-il.
- Ne dis pas une chose pareille !
- Pourquoi, tu ne me trouves pas beau, je suis grand athlétique et très élégant, ça fait toujours de beaux morts. Le seul problème, c'est que tu ne m'aurais pas vu comme ça.

- Je préfère quand même te voir bien vivant.
- N'empêche, tu as raté quelque chose.

Nous avons fait halte dans un petit restaurant pour manger. Nous n'étions que deux dans une grande salle. J'avais craint en entrant d'avoir atterri dans une gargote infréquentable. J'avais tort. La patronne nous accueilli très aimablement et nous a proposé des plats faits maison que nous avons dégustés avec grand plaisir. Nous avons bien ri quand elle nous a pris pour des amoureux. C'est vrai que nous avons à peine un an d'écart et l'affection qui nous liait et qui devait se voir aurait pu être prise pour un sentiment amoureux. J'ai quand même voulu la détromper.

- C'est vrai, j'aurais dû voir que vous vous ressemblez vraiment beaucoup.

Je n'avais jamais remarqué, mais maintenant qu'elle le disait, nous avons un air de famille. Comme je m'étonnais que compte tenu de la qualité du service et celle des plats, il n'y avait pas d'autres clients que nous, la patronne m'a répondu qu'il y avait très peu de temps qu'ils avaient repris l'établissement, le bouche-à-oreille n'avait pas encore eu le temps de faire son effet. Il fallait encore attendre avant de voir venir la clientèle. Elle était du genre optimiste ; j'ai déploré que nous ne soyons pas de la région, nous lui aurions fait une très bonne publicité. Elle m'a remercié chaleureusement. Et nous avons repris la route après que Simon, toujours exubérant, ait embrassé la bonne dame sur les deux joues. Elle est devenue toute rouge.

- Il y a très longtemps qu'un beau jeune homme comme vous ne m'a pas embrassée.

Moi, je n'ai pas osé.

Nous sommes arrivés très tard à Compiègne. Nous avions peur de ne pas trouver à nous loger. La ville était calme, un peu déserte pour une journée printanière. Nous avons tout de même trouvé un petit hôtel sur les bords de l'Oise. Pas très luxueux, mais pas cher et très propre. J'étais fatiguée, ce n'était pas si souvent que je faisais un aussi long voyage en voiture. Et j'avais envie de prendre une douche. Simon voulait que nous sortions manger. Après le copieux repas de midi, j'avais plus envie d'aller me coucher, mais je ne voulais pas le laisser seul. Nous avons dû aller dans une zone commerciale pour trouver un restaurant, un franchisé. C'était passable, mais je n'avais pas très faim et je n'aime pas beaucoup ce genre de nourriture. Je voyais les yeux de Simon se creuser, il avait encore des moments de faiblesse ; il n'a pas refusé de rentrer à l'hôtel. À peine couchée, je me suis endormie.

Réveillée très tôt, je n'ai pas voulu descendre tout de suite prendre mon petit déjeuner. Je pensais que Simon allait dormir plus longtemps, il avait encore besoin de repos. À huit heures, un petit coup discret à ma porte, il était déjà prêt à attaquer la journée. Je n'ai jamais connu quelqu'un d'aussi impatient. Si je l'avais écouté, à huit heures et demie, nous serions déjà allés à la mairie. Je ne pensais pas que le personnel commence si tôt. Je l'ai fait attendre jusqu'à neuf heures, c'était un exploit. Il piaffait comme un cheval fou. Tandis que je prenais tout mon temps pour prendre mon petit déjeuner, il n'avait avalé qu'un café et mangé un croissant, il faisait les cent pas dans la salle de restaurant. Heureusement qu'il n'y avait que nous.

Lorsque nous nous sommes présentés à l'accueil, j'avais raison, l'employé venait juste d'arriver. Je lui ai brièvement expliqué que nous voulions consulter les archives. Cet homme très sympathique nous a directement adressés à la préposée aux archives. J'ai dû répéter les motifs de notre recherche : je venais de perdre ma mère brouillée avec mes grands-parents dont je ne savais rien. J'aimerais pouvoir les contacter.

Je pourrais peut-être les retrouver en consultant le registre des naissances pour y trouver celle de ma mère.

- En quelle année est-elle née ?
- En 1985.
- Elle était bien jeune pour mourir, votre maman !
- Oui !
- Je vais vous montrer, il y a un ordinateur à votre disposition. Vous auriez pu faire votre demande par écrit, ça vous aurait évité de vous déplacer.
- Ça aurait pris trop de temps, s'exclama Simon.
- Je dois d'abord vous demander vos papiers d'identité.
- Bien sûr !

Je lui ai présenté ma carte d'identité, celle de ma mère et le papier qui indiquait qu'elle avait changé de nom.

- C'est bon, m'a-t-elle dit, mais je n'ai pas le temps, je pense que vous pourrez vous débrouiller tout seuls.
- Certainement, merci !

Elle nous quitta. Ce fut Simon qui prit les choses en main.

- Il faut chercher sous le nom initial de Grandval.

Il ne nous a pas fallu longtemps pour trouver l'acte de naissance de Marjorie Grandval, née de Louvain Marie et de Paul Grandval domiciliés au chemin des grands prés à Francières. Nous avions fait un grand pas. Encore faudrait-il que les Grandval soient toujours dans ce village. S'ils avaient déménagé, je ne sais pas comment nous pourrions les retrouver. Enfin, on pouvait toujours se rendre dans ce village. 574 habitants à l'heure actuelle, s'ils étaient là, ils ne seraient pas difficiles à trouver. Simon voulait y aller immédiatement.

- C'est juste à quinze kilomètres, j'ai regardé sur internet.

Je ne partageais pas son enthousiasme. Je ne savais pas dire pourquoi, mais plus nous avancions, plus j'éprouvais une sorte d'angoisse qui ne faisait que croître. Je ne parvenais pas à intégrer l'idée que ces deux personnes pouvaient être mes grands-parents. Je ne les imaginais pas et, pour moi, ils semblaient venir d'une autre planète. C'était quoi au juste des grands-parents ? Je n'avais jamais eu de père et pratiquement pas de mère, comment pouvais-je concevoir la notion de grands-parents ? Une sorte de père, de mère, âgés. Ils ne l'étaient pas tant que ça. À peine plus de la soixantaine. Je voyais les grands-parents de Simon, ils étaient plus vieux. Je n'ai pas pu m'empêcher de dire à Simon :

- Ne te fais pas de films. Dieu sait ce que nous allons trouver ! Ce changement de nom n'était pas anodin.
- Peut-être que notre grand-père était un tueur en série, elle a été autorisée à changer de patronyme pour ne pas avoir honte de porter son nom, ou alors c'était un trafiquant de drogue notoire traqué par ses ennemis, c'est par sécurité qu'on a changé Grandval en Laval.
- C'est tout ?
- Non, je ne sais pas. Que veux-tu qu'on trouve ?
- Rien n'est clair dans toute cette histoire.
- Il faut pourtant qu'on en sache plus. Je ne peux plus continuer à vivre avec tous ces blancs et ces interrogations en suspens.
- Tu as raison, il n'empêche que je ne suis pas sereine.

- Je suis là et je ne pense pas que l'on puisse courir un danger quelconque. Ce sont des gens qui ont presque soixante-dix ans à présent.
- Attendons au moins cet après-midi.
- Je sais, je suis toujours trop pressé et je t'avais promis de ne pas te brusquer. Excuse-moi.
- Profitons un peu de cette ville, j'ai vu qu'il y avait un marché, j'adore les marchés et on pourra acheter un peu à manger. On pourrait pique-niquer, il fait si beau et la campagne est jolie par ici.
- C'est bien parce que c'est toi.

Je sentais que Simon faisait des efforts surhumains pour juguler son impatience.

- Je n'en attendais pas moins de toi.

Nous sommes donc partis nous promener parmi les étals, ça sentait bon les fruits et les légumes. J'en oubliais presque pourquoi nous étions là. J'avais envie de tout acheter. Quelques barquettes de salades diverses, quelques fraises et des fromages de chèvre frais. Nous sommes allés les manger au bord de l'Oise où était aménagé un espace vert avec des bans et des jeux pour enfants. Tout était tranquille et je me disais qu'il devait faire bon habiter cette ville.

En route pour Francières. C'était un minuscule village perdu au milieu des champs de blés et de betteraves sucrières. Sans mal, nous avons trouvé le 10, rue des grands prés. Une toute petite maison en pierres sur un tout petit terrain. Un toit bas comme toutes les vieilles maisons du coin, des fenêtres miniatures. Elle avait été visiblement restaurée depuis peu. Il n'y avait pas de nom sur le portail en bois ni de boîte aux lettres. Pas de sonnette non plus et la maison avait l'air fermée.

- Qu'est-ce qu'on fait maintenant ?

Simon était déçu, sa crainte s'était réalisée, nous ne trouverions pas nos grands-parents ici. Je pensais à eux et à ma mère qui avait passé son enfance dans cette maison. Que s'était-il passé entre ces murs ?

Nous étions toujours plantés devant ce portail quand, de la maison voisine, sortit une femme d'une cinquantaine d'années habillée très simplement, mais avec goût.

- Vous cherchez les propriétaires ? Vous ne les trouverez pas, ce sont des Parisiens qui ne viennent que pendant les vacances. Vous les connaissez ?

Simon s'est avancé.

- Nous étions à la recherche de la famille Grandval qui a dû vivre ici, avant.
- Je les ai à peine connus, quand nous avons emménagé ici, l'homme était déjà mort et la femme vivait en recluse, on ne la voyait jamais. Je ne pourrais pas vous en dire grand-chose. Un jour, elle n'était plus là. La maison a été en vente un très long moment jusqu'à ce que les Parisiens la rachètent. S'il n'y avait pas les Parisiens qui rachètent tout, le village serait désert.
- Vous pensez que madame Grandval est morte, elle aussi ?
- Je ne pense pas, elle a dû déménager.
- Merci, madame.
- Essayez de trouver quelqu'un qui vit ici depuis longtemps. Si ce n'est pas indiscret, pourquoi vouliez-vous voir cette famille ?
- C'étaient des parents à nous.
- Je suis navrée de ne pas pouvoir vous aider Plus.
- C'est déjà très bien, nous allons poursuivre nos recherches. Au revoir, madame. Et merci encore.

Nous avons redescendu la rue, espérant rencontrer une personne âgée qui pourrait avoir connu les Grandval. Les rues étaient désertes.

- Nous n'allons quand même pas renoncer si près du but.

Simon devenait maussade. Il arpentait les rues, j'avais du mal à le suivre.

- Nous ne pouvons tout de même pas aller frapper à toutes les portes.
- S'il le faut, je le ferai, mais je ne partirai pas avant d'avoir trouvé quelque chose.

Simon

J'enrageais, comment en apprendre plus sur nos grands-parents dans ce bled au trou du cul du monde. On aurait dit que c'était un village mort. J'essayais de me calmer, mais cette envie d'avancer me taraudait. Rachel semblait sur le point de renoncer, je la sentais fatiguée. Sans doute le trop-plein d'émotions. Soudain, j'ai eu une idée : l'église. Il y aurait peut-être quelqu'un, ce sont les vieux qui fréquentent les églises. Du moins je le crois, dans ma famille nous ne sommes pas croyants. Il y a aussi le curé. Avec un peu de chance, ce serait un vieux curé, les curés sont souvent vieux, on parle assez de la rareté des vocations. Les curés connaissent tout de la vie des villages. Ils baptisent, ils enterrent. J'ai entraîné Rachel. Elle n'avait pas d'opinion sur le sujet, sa mère ne fréquentait pas les églises et elle n'y avait jamais mis un pied.

Malheureusement, l'église était aussi déserte que le village. Flanquée à l'église une grande bâtisse portait une plaque qui indiquait : presbytère. Le logement du curé. Maison aussi fermée que la maison des Parisiens. Il n'y avait plus de curé non plus. Rachel me suivait sans dire un mot. Je ne sais pas si elle était aussi déçue que moi ou si elle était soulagée. Je n'osais pas lui demander. Nous jouions de malchance.

Je me suis assis sur une murette en pierres sèches qui bordait la rue. L'après-midi était déjà bien entamé et nous n'avions guère avancé. J'étais à bout d'idée. Et voilà la voisine des grands prés qui venait vers nous.

- Vous êtes toujours là ?
- Nous étions à la recherche d'une personne âgée comme vous nous l'avez conseillé ; nous sommes allés à l'église et nous avons parcouru le centre du village, mais nous n'avons rencontré personne. On dirait que tout le monde a déserté le coin ou qu'ils ont tous été engloutis pas un tremblement de terre.
- C'est vrai que Francières n'est pas débordant de vie, entre les vieux et les habitants temporaires des résidences secondaires, c'est le calme plat. Il ne faut pas aimer la foule pour vivre ici.
- Et ça ne nous aide pas.
- Depuis tout à l'heure, j'ai réfléchi. Je pense savoir qui pourrait vous renseigner sur votre famille. Si vous voulez, je pourrais vous emmener chez lui. C'est un vieux monsieur qui a travaillé à la mairie. Il est très gentil et serviable et il a dû connaître les Grandval. Il doit être chez lui.

- On ne voudrait pas vous déranger.
- Vous savez, je n'ai pas grand-chose à faire. Vous me faites un peu de compagnie. J'aime bien les jeunes, mes enfants habitent très loin, ce n'est pas souvent que j'ai la chance d'en fréquenter.

Elle nous guida jusqu'à une vieille maison, copie conforme de celle des Grandval, mais en plus délabrée, elle n'était pas passée dans les mains de Parisiens ; elle aurait eu bien besoin d'un ravalement. Le terrain devant n'était pas entretenu, de chaque côté d'une allée cimentée les herbes folles s'en donnaient à cœur joie. Un vieux pommier était presque mort et un banc vermoulu, mais qui tenait encore debout était posé devant la petite fenêtre basse. La dame ouvrit le portillon qui tenait encore par miracle. Elle frappa à la porte, l'entrouvrit.

- Monsieur Loiseau, cria-t-elle. IL est un peu sourd et n'entend pas toujours quand on frappe à la porte.

Ce disant, elle ouvrait la porte d'entrée. Elle cria à nouveau.

- Monsieur Loiseau !

Un vieil homme apparut, traînant les pieds. Il avait du mal à marcher.

- Je suis là, c'est pourquoi ? Ah, madame Claire, en quoi puis-je vous être utile?

C'était un très vieil homme, à vue de nez on lui donnait au moins quatre-vingt-dix ans. Il était encore très beau, bien habillé et son sourire était chaleureux. Il nous découvrit derrière madame Claire. Il s'avança vers nous.

- Entrez. Bienvenue dans ma modeste demeure.

Il nous indiqua des chaises dans la pièce unique qui lui servait de cuisine et de salon. Madame Claire lui expliqua la raison de cette invasion dans son domicile. En entendant le nom de Grandval, je vis soudain son sourire se figer. Puis j'ai eu l'impression qu'il faisait une grimace quelque chose comme la manifestation d'un certain mépris. Il s'était tout de suite repris. Il prit son temps pour répondre, comme s'il cherchait ses mots. Jusque là, il avait paru à l'aise avec le langage.

- Les Grandval, vous dites !

On aurait dit qu'il cherchait aussi à gagner du temps avant de répondre.

- Lui est mort et elle est dans un EHPAD à Compiègne, la maison a été vendue. Si je me souviens bien, ils avaient une fille, mais elle a disparu depuis longtemps. On ne l'a jamais revue au village. Je ne pourrais pas vous en dire plus.

Je sentais que si, mais visiblement monsieur Loiseau ne voulait pas entrer dans les détails. Cela renforçait encore l'idée que j'avais. Il ne se sentait pas le droit de nous révéler des choses terribles. Nous n'avions aucun droit de le forcer à dire des choses qu'il préférait taire.

- Pourriez-vous nous dire au moins dans quel EHPAD se trouve madame Grandval ?
- Je suppose aux Chênes Verts, c'est le seul établissement public de Compiègne.
- Madame Claire nous a dit qu'elle vivait en recluse après la mort de son mari.

Monsieur Loiseau semblait de plus en plus contrarié. Je ne voulais pas troubler ce vieux monsieur, mais je savais qu'il connaissait l'histoire de cette famille ; j'espérais en tirer le plus de renseignements possible.

- Oui, on ne voyait plus guère cette pauvre femme. Elle était un peu dérangée.

- Et leur fille, vous vous souvenez d'elle ?

Il était encore plus gêné. On le sentait à sa façon de s'exprimer, il pesait ses mots. Il prenait plus de temps avant de répondre.

- C'est très vague dans mon esprit, j'en ai tellement vu des gamines, je crois me souvenir qu'elle était jolie.
- C'est tout ?

Je ne pouvais pas m'empêcher de le pousser dans ses retranchements. Il ne se laissait pas embarquer.

- Vous savez, je ne suis plus tout jeune et mes souvenirs se font de plus en plus flous pour ne pas dire qu'ils tendent à disparaître.

Il me faisait pourtant l'impression d'être encore en pleine possession de ses moyens. Visiblement, il ne voulait pas parler.

- Je vous admire pourtant, j'aimerais bien être comme vous à votre âge.
- Eh bien, je vous le souhaite.

J'ai senti comme quelque chose de définitif, comme une invitation à le laisser tranquille. Il ne nous avait même pas demandé qui nous étions au juste pour les

Grandval. Madame Claire avait juste dit que nous étions de la famille, sans plus. On aurait dit que quelque chose l'empêchait de parler. Il avait été très poli, sans plus. Rien à voir avec l'accueil qu'il nous avait réservé avant de savoir de quoi nous voulions lui parler. J'avais aussi remarqué que, dès que je m'étais assis près de la fenêtre où il pouvait mieux me voir, il m'avait observé un long moment, comme s'il me reconnaissait. Cherchait-il à deviner quelles étaient mes réelles intentions ou lui rappelais-je quelqu'un ?

Nous avons quitté monsieur Loiseau en le remerciant, je me suis un peu forcé. J'étais en colère, contre lui, contre moi. Je n'avais pas été assez pressant, j'aurais dû plus insister. Puis je me suis dit que je n'avais aucune raison d'en vouloir à ce vieil homme. Nous étions venus le troubler et il ne savait même pas qui nous étions.

En sortant, nous ne nous étions pas plus attardés, je me sentais mal à l'aise. Tout portait à croire qu'il y avait dans cette famille quelque chose dont on ne pouvait pas parler. Je commençais à ressentir l'appréhension de Rachel. Mais il n'était pas question que j'abandonne. Je devais seulement me préparer à apprendre des choses terribles ; j'étais assez fort pour encaisser. Quand on revient d'entre les presque morts, on ne craint plus rien.

Rachel n'avait pas dit un mot au cours de l'entretien. Elle avait pris un air absent, comme si elle n'était pas concernée. À quoi pouvait-elle bien penser? Je ne m'étais guère préoccupé d'elle tandis que j'essayais de faire parler le vieux. J'avais hâte de l'interroger sur ce qu'elle avait ressenti en entendant notre conversation. Madame Claire ne savait pas très bien comment se comporter. Elle avait compris, elle aussi, que monsieur Loiseau cachait bien des choses, elle regrettait certainement de nous avoir amenés chez lui. Elle se hâta de nous abandonner prétextant une course urgente qu'elle avait oubliée. Je nous revois dans la rue de ce petit village, Rachel et moi, désemparés, ne sachant plus que faire ni où aller. Ce fut elle qui réagit la première.

- Ce vieux monsieur ne voulait pas parler, c'est évident. Tout sourire quand nous sommes arrivés, il s'est fermé comme une huître en entendant le nom de Grandval. Et puis, il te regardait comme s'il avait vu un fantôme.
- J'avais remarqué.
- J'ai bien peur que nous ne puissions jamais en savoir plus.

- Il ne faut pas se décourager, il reste une piste : la grand-mère !

Je reprenais confiance, nous avions quand même appris quelque chose de positif. Madame Grandval n'était pas décédée, elle vivait dans une maison de retraite. Il suffisait d'aller la voir.

- Tu as raison, la route n'est pas tout à fait fermée. Demain nous irons visiter notre grand-mère. J'espère qu'elle n'est pas morte depuis, ce serait bien notre veine !

Nous sommes retournés à Compiègne, il était déjà tard et j'avais besoin d'un bon repas, les salades de midi étaient déjà loin. Rachel était plutôt indifférente à la nourriture, elle me suivait, c'est tout. J'avais acheté un petit guide de la région qui recommandait quelques bonnes tables. Je rêvais à un peu de réconfort alimentaire après cet après-midi plutôt éprouvant. Nous nous sommes donc détendus à table. Un petit vin blanc nous a aidés. Rachel reprenait de la couleur. Après le repas, nous sommes allées faire une promenade au bord de l'Oise. Nous étions trop préoccupés pour aller nous coucher et espérer dormir. J'avais encore très envie de parler, Rachel redevenait silencieuse, je ne voulais pas la souler par mes bavardages. C'est elle pourtant qui rompit le silence.

- Je ne sais pas pourquoi, j'ai peur !
- Peur de ce que nous pourrions apprendre ?
- Oui, je sens comme une menace.
- Que veux-tu qu'il nous arrive ?
- Je sais, ce n'est pas rationnel, ma mère est morte, tu as ta famille, mais c'est plus fort que moi.
- Tu veux qu'on s'arrête ?

J'avais très peur qu'elle réponde par oui. Je l'aurais fait la mort dans l'âme, mais je l'aurais fait pour elle.

- Non, le doute serait pire que la vérité. Je ne cesse de penser à ce qui a forcé notre mère à t'abandonner, ce qui a empoisonné sa vie pour qu'elle soit devenue si dure, si indifférente, si triste. Je voudrais savoir. Si tu n'étais pas là, je n'aurais pas le courage de continuer. Mais tu es là !
- Oui, je suis là et quoi que l'on puisse découvrir, nous serons deux pour l'affronter.
- Merci, petit frère, je suis tout à fait rassurée. Tu es mon bouclier.
- Tiens, tu as appris à faire de l'humour !

- J'ai encore tant de choses à apprendre.

Nous avons fini par rire sur cette pirouette. Il était l'heure de rentrer à l'hôtel prendre un juste repos selon la formule consacrée.

Rachel

Simon ne tenait plus en place. Le petit déjeuner avalé, il était déjà dans les starting-blocks.

- Ce n'est pas un peu tôt pour une visite en EHPAD ? En général, les visites, c'est l'après-midi.
- On verra bien si on se fait refouler. Le plus tôt sera le mieux, on a déjà passé assez de temps à élucubrer.

La maison de retraite était située à la sortie de la ville, sur la route de Soissons. C'était un bâtiment moderne, sans âme. Les vieux qui finissaient leur vie là n'avaient rien de bien artistique sous les yeux. Ça devait être conçu juste pour être fonctionnel. Aucune considération pour ceux qui avaient vécu toute leur vie dans des maisons anciennes qui avaient, mêmes pauvres, du cachet. Se retrouver dans des cubes de béton et de verre devait les désorienter encore plus. Heureusement le bâtiment trônait en pleine nature. Après tout la nature peut suffire comme art. Pour entrer, nous avons dû sonner, donner le motif de notre visite à un interphone. Comme si ça ne suffisait pas la laideur de cette cage, il fallait encore que ce soit une prison. Contrairement à ce que j'avais pensé, la porte s'est ouverte. Sur la droite, la porte d'un bureau était ouverte. Une jeune femme nous a fait signe d'avancer puis de nous asseoir. Elle était au téléphone. Après avoir salué son interlocuteur, elle a raccroché.

- Vous voulez voir madame Grandval ?
- Oui, il se trouve qu'elle fait partie de notre famille. Nous ne l'avons appris que très récemment, c'est pourquoi nous n'étions jamais venus, mon frère et moi.

Je ne voulais pas donner plus de détails. C'était déjà assez difficile comme ça. D'autant plus que cette femme n'avait rien de très sympathique.

- Je dois vous prévenir, madame Grandval n'a plus toute sa tête. Vous voulez quand même la voir ? Elle ne parle presque plus, mais elle voit encore et entend.
- Oui, s'il vous plaît !

Elle appela une autre femme en blouse blanche.

- Marie-Ange est son infirmière, elle va vous amener jusqu'à elle.

Nous l'avons suivie le long d'un couloir. Les portes des chambres étaient toutes ouvertes. On pouvait voir des femmes âgées de toutes sortes. Certaines étaient visiblement hors du monde qui les entourait, d'autres les dévisageaient avec intérêt. La chambre de madame Grandval était la dernière. Marie-Ange entra en s'écriant : madame Grandval, de la visite pour vous ! Une vieille dame, assise dans un fauteuil bien trop grand pour elle n'était que l'ombre d'elle-même. Ses cheveux blancs et rares encadraient un visage à peine gros comme le poing. Ses yeux étaient perdus dans le vague au-delà de la fenêtre en face d'elle. Elle n'avait pas réagi aux paroles de l'infirmière. Ce n'est qu'en entendant du bruit auprès d'elle et que Marie-Ange lui a touché le bras qu'elle sortit de sa torpeur. Elle avait ramené son regard vers nous. Il se porta immédiatement sur Simon. Elle leva la main devant elle comme pour chasser quelque chose qui lui gênait la vue. Elle fixait mon frère et soudain, je vis son regard se remplir d'effroi. Elle se mit immédiatement à hurler. Un long cri strident et si puissant qu'on doutait qu'il puisse venir d'un si petit corps. Ce ne fut d'abord qu'un cri, puis des mots inaudibles au début et qu'on parvint ensuite à comprendre :

- Paul ! Non, pas possible ! Le laissez pas faire ! Arrêtez-le ! Monstre ! Va-t'en ! Trop de mal !

Le débit était saccadé, elle envoyait les mains devant elle comme si elle subissait une attaque. Elle tremblait de tous ses membres. Puis elle s'est remise à hurler, on ne comprenait plus ce qu'elle disait. Elle fixait toujours Simon de ce regard noir et terrifié. L'infirmière essaya de la calmer. J'étais complètement paralysée devant cette vieille femme qui était ma grand-mère et qui semblait avoir vu le diable devant elle. Elle était terrorisée. Simon s'est avancé.

- Je m'appelle Simon…

Elle ne l'a pas laissé finir.

- Au secours ! Va-t'en, monstre ! Va-t'en, va-t'en, va-t'en, va-t'en !

Elle continuait à scander ces mots et à s'agiter. L'infirmière s'est tournée vers nous.

- Je ne sais pas ce qu'elle a, elle est toujours très calme. Il vaudrait peut-être mieux que vous partiez. Vous pourrez revenir un autre jour, elle a dû vous prendre pour quelqu'un d'autre.
- Vous avez raison.

En sortant, nous étions bouleversés tous les deux. Nous n'avions jamais envisagé une chose pareille. Je n'avais qu'une seule envie : fuir cette femme, ce lieu. Simon a repris vite ses esprits.

- Dites-moi Marie-Ange, est-ce que quelqu'un vient la voir ?
- Oui, sa sœur.
- Pouvez-vous nous dire son nom et où elle réside, nous aimerions aller lui rendre visite.
- La directrice, madame Polin que vous avez vue tout à l'heure en arrivant, va vous renseigner.

Nous avons remercié et salué Marie-Ange qui avait l'air d'être une bonne personne et nous sommes retournés dans le bureau de la directrice. La vieille femme hurlait toujours, mais elle commençait à s'épuiser. Marie-Ange était retournée auprès d'elle, mais visiblement elle ne parvenait pas à la calmer. Madame Polin hésita un moment avant de nous donner les renseignements demandés comme si elle dévoilait un secret d'État. À moins que ce ne soient les cris de la grand-mère qui l'ait effrayée, elle croyait peut-être que nous lui voulions du mal. Nous avons dû lui raconter en abrégé ce qui nous amenait vraiment ici. Elle a semblé compatir et nous a donné les coordonnées de notre grande tante. Elle habitait un autre village, Verberie près de Compiègne. Je sentais que cette chasse excitait Simon. Je voyais aussi que cette visite à notre grand-mère l'avait fortement ébranlé. Il reprenait pourtant ses esprits. Lui aussi, était atteint par le doute. En retournant vers la voiture, il marchait si vite que je pouvais à peine le suivre. Il s'est affalé sur le siège passager, a étalé ses longues jambes. Il était tout à la fois énervé et éreinté. Je commençais à m'inquiéter pour sa santé. Je le trouvais très pâle.

- Simon, tu ne te sens pas bien ?
- Si !
- Tu es sûr ?
- J'avoue que j'ai été secoué par la réaction de la vieille femme. C'est la première fois que je provoque un tel cataclysme.

Il avait encore la force de plaisanter.

- Ce n'est pas toi qu'elle voyait, elle t'appelait Paul.
- Oui, comme son mari.
- Ça devait être un homme violent, un monstre comme elle disait.
- Elle m'a pris pour lui dans sa démence. Je commence à me demander ce que c'était que cette famille dont nous sommes issus.

J'étais accablée, je me sentais responsable, je ne savais pas au juste de quoi. S'il ne m'avait pas connue, il n'aurait pas mis les pieds dans notre famille et il serait toujours heureux dans sa famille adoptive. Oui, mais il pourrait aussi être mort sans la greffe de moelle. Je me répétais ça pour me rassurer. Et puis, c'était lui qui avait voulu retrouver nos aïeux.

- Tu veux aller voir la sœur aujourd'hui ?
- Non, j'ai besoin d'un peu de repos.
- Tu es très pâle, j'espère que tu ne vas pas être malade.
- Ne t'inquiète pas, il faut juste que je fasse une pause pour réfléchir et digérer tout ça. Je crois que nous ne sommes pas au bout de nos peines. Et puis cesse de me couver comme ma mère. D'ailleurs je t'interdis de lui téléphoner pour lui faire part de tes doutes quant à ma santé.

Je n'avais pas la moindre envie de faire ça, mais je l'ai laissé croire que j'en étais capable. À quoi ça servirait une sœur qui ne veillerait pas sur lui ?

- Et si on faisait un peu de tourisme, puisque nous sommes là ?
- Très bonne idée ! Voyons voir ce qu'il y a de remarquable dans le coin.

Il se mit à tapoter sur son smartphone.

- Le château de Chantilly, ça doit être chouette !
- Pourquoi pas, ce n'est pas très loin.
- Il y a aussi le château de Pierrefonds.
- Au vu des photos, je préfère Chantilly.
- Alors, ce sera Chantilly. Fouette, cocher !

Nous nous sommes régalés du parc, du château et de la forêt. Simon était comme un gamin à regarder les carpes monstrueuses dans les douves. Moi je suis restée ébahie devant la bibliothèque. Nous avions presque oublié ce qui nous avait amenés là. Nous avons terminé par les grandes écuries, puis la forêt. En sortant de la forêt, après le champ de courses, nous sommes passés devant le lycée de Chantilly.

- Comme j'aimerais venir travailler là ! Tout a l'air si tranquille dans cette verdure !
- Si loin de tes parents !
- Je les adore, mais je suis un adulte, je ne vais pas rester dans les jupons de ma mère jusqu'à quarante ans.

J'avais du mal à comprendre comment, avec la mère qu'il avait, il songeait à aller faire sa vie ailleurs. Mais c'était son histoire, pas la mienne.

Nous n'avions plus parlé de notre famille, nous évitions soigneusement le sujet. Et puis, nous avions retrouvé notre complicité facile. Simon avait même ressorti son humour habituel. Je riais de bon cœur à ses blagues. Nous avions bien besoin d'un peu d'insouciance, car nous n'étions pas au bout de nos peines.

La soirée fut calme et nous nous sommes séparés de bonne heure. En me quittant sur le seuil de ma chambre, Simon m'a prise dans ses bras.

- Bonne nuit, petite sœur !

J'étais tellement émue que je crus que j'allais me mettre à pleurer.

- Je te rappelle que je suis ta grande sœur !
- Oui, mais tu es plus petite que moi.
- Heureusement, je ne me vois pas mesurer un mètre quatre-vingt-dix.

Cette journée qui avait mal commencé se terminait bien sur cette note de tendresse. Je me suis couchée. Je sentais encore la chaleur de l'affection de mon frère. Je me suis endormie dans cette douceur.

Simon

Lorsque j'avais vu les yeux exorbités de la vieille dame posés sur moi, je m'étais demandé ce qui m'arrivait. Nous avions été prévenus qu'elle n'avait plus toute sa tête, mais, tout de même, c'était flippant. Heureusement qu'elle m'appelait Paul, sinon je me serais demandé ce qui pouvait bien lui faire aussi peur chez moi. J'étais sur le point de m'enfuir le plus loin possible de cette femme terrorisée. J'ai eu beaucoup de mal à me reprendre quand j'ai vu que les efforts de l'infirmière pour la calmer étaient vains. C'est plus calmement que nous sommes sortis. L'infirmière nous a suivis. Soudain, je ne sais pas encore pourquoi, j'ai eu l'idée fulgurante de lui demander si quelqu'un venait lui rendre visite. Il pouvait y avoir d'autres personnes, de la famille ou non, qui pourraient nous donner un autre éclairage sur notre grand-mère et sur ce Paul terrifiant qui ne pouvait être que notre grand-père. Tout s'assombrissait, devenait glauque. J'avais l'impression de m'enfoncer dans un roman noir. Aurais-je le courage de le lire jusqu'au bout ? C'était à la fois angoissant, mais aussi, je le savais, indispensable pour moi. Je doutais que ça le soit autant pour Rachel.

Après un après-midi de détente pendant lequel j'avais fait mon possible pour oublier tout ça et une bonne nuit de sommeil, les émotions m'avaient éreinté, je me sentais prêt à reprendre la suite des aventures. Prêt, mais tout de même anxieux. Je ne voulais pas le laisser voir à Rachel, mais je ne brillais pas. Elle paraissait plus sereine que moi. Elle était sûrement plus habituée aux situations déplaisantes. Ou alors, elle faisait semblant. J'ai cherché l'adresse de la tante sur une carte. Nous allions nous y rendre dans la matinée. L'infirmière nous avait dit qu'elle venait rendre visite à sa sœur le mercredi après-midi, nous étions mercredi. Si nous voulions la trouver chez elle, nous devions y aller le matin. Autant en finir le plus vite possible si nous avions encore des choses désagréables à entendre.

À nouveau les cultures à perte de vue, puis par-ci par-là les forêts plus ou moins denses. Verberie est aussi un village, mais plus vaste que Francières et surtout plus vivant. On pouvait voir des gens dans les rues et aussi un petit marché sur la place. La vie y semblait agréable. Nous avons trouvé l'adresse de la tante sans difficulté. Une maison de village qui donnait directement sur la rue, modeste, mais parfaitement entretenue. La façade avait été repeinte il n'y avait pas très longtemps, de grandes fenêtres ornées de géraniums et une porte en bois percée de petites vitres carrées.

Il m'a fallu un long moment avant d'oser appuyer sur la sonnette. Les gens qui passaient et nous voyaient devaient se demander qui était ce couple de jeunes planté devant la maison de leurs voisins. Ils nous prenaient peut-être pour des témoins de Jehova ou des vendeurs de je ne sais quoi. J'ai enfin agi. C'était bien là, le nom que la directrice de l'EHPAD nous avait donné était inscrit sur le bouton : Monsieur et madame Michel Lever. Il y avait un monsieur Lever. C'est lui qui vint nous ouvrir. Il a été étonné de nous voir, mais nous a demandé aimablement ce que nous désirions.

- Nous voudrions voir madame Lever, s'il vous plaît.
- À quel sujet ?

L'homme était très poli, pas du tout hostile, mais visiblement méfiant. J'ai essayé de lui expliquer le plus brièvement possible que nous avions découvert il y avait très peu de temps notre parenté avec la famille Grandval. J'ai vu immédiatement son visage se fermer. J'ai même cru un instant qu'il allait nous renvoyer. J'ai senti son hésitation. Malgré tout, il n'en a rien fait.

- Je vais voir si ma femme veut bien vous recevoir.

Il s'en remettait au bon vouloir de son épouse, mais on voyait que c'était à contrecœur. Il nous a donc laissés sur le seuil de la porte. Il est revenu très vite.

- Si vous voulez bien entrer !

Il nous a guidés vers un salon situé sur la gauche d'un long couloir d'entrée. La pièce était simple, mais chaleureuse. De vieux meubles, certainement de famille, la clarté les rendait luisants, on aurait vainement cherché un grain de poussière. Il nous désigna deux fauteuils très confortables. Madame Lever fit son entrée, c'était une femme dans la petite cinquantaine encore belle et coquette. Ses cheveux gris étaient coupés parfaitement et ses vêtements étaient encore à la mode. Elle nous a salués très poliment, mais sans sourire. Aucune animosité n'était à ressentir, pas même de la surprise, tout au plus de la curiosité. Elle m'a cependant inspiré confiance.

- Mon mari m'a dit que vous aviez un lien de parenté avec ma sœur ? Je ne vois pas qui vous pourriez être.
- Nous sommes les enfants de Marjorie.

Nous n'avions pas donné son nom, ils n'avaient pas dû la connaître sous son nouveau nom.

Elle nous a regardés comme frappée par la foudre.

- Marjorie !
- Oui, c'était notre mère, a ajouté Rachel.
- Était ?
- Oui, elle est décédée.
- Décédée ?

Elle avait visiblement beaucoup de mal à intégrer toutes ces informations. Elle s'était tournée vers son mari, peut-être pour chercher de l'aide. Elle ne savait plus quoi dire.

- Je comprends votre surprise, je vais tout vous expliquer.

Rachel prenait les commandes. Elle me semblait plutôt à l'aise avec cette femme qui ne répondait pas. Comme si c'était trop pour elle. Rachel lui raconta alors toute l'histoire, ma naissance sous X, ma maladie, mes recherches pour trouver un donneur de moelle compatible, la réponse du cousin lointain, sa tentative de retrouver Marjorie, la découverte de ma compatibilité puis celle de notre fraternité avérée et pour finir la décision que nous avions prise de retrouver nos racines. Elle avait passé très rapidement sur ses relations avec sa mère de son vivant. Pendant tout ce récit, madame Lever était restée silencieuse comme frappée de stupeur. Quand enfin, Rachel s'est tue, un profond silence s'est installé dans la pièce. Personne n'osait le rompre. Ce fut monsieur Lever qui se décida.

- Marjorie ! Elle avait disparu après…

Il s'arrêta net comme s'il se rendait compte qu'il avait dit quelque chose qu'il n'aurait pas dû. Sa femme était toujours muette.

Je pris le relais pour raconter notre recherche infructueuse à Francières et notre visite à madame Grandval. Au fur et à mesure que je parlais, madame Lever était de plus en plus mal à l'aise. Elle se frottait les mains nerveusement et son regard sautait de Rachel à moi comme si elle cherchait quelque chose.

- Nous avons conscience après ce que nous avons découvert qu'il s'était passé des choses assez graves dans la famille. Nous voudrions tout de même savoir de quoi il s'agit. Vous seule pouvez nous dire d'où nous venons.

Monsieur Lever, toujours.

- Marjorie ne vous a rien dit ?
- Je ne l'ai malheureusement pas connue.

Rachel reprit.

- Ma mère m'a élevée seule, elle n'a jamais voulu me parler de sa famille. Il y a aussi une chose que je ne vous ai pas dite, ma mère ne m'a jamais aimée. Je n'ai jamais été maltraitée, mais je n'ai jamais reçu de marques d'affection. C'était comme si elle ne pouvait pas faire autrement que de m'élever, mais qu'elle ne pouvait pas faire plus.
- Ma pauvre petite !

Madame Lever n'avait pas pu s'empêcher de s'exclamer. Je pouvais même voir une petite larme pointer au fond de ses yeux.

- Je pense que tu pourrais leur expliquer.

Monsieur lever s'était penché vers sa femme, il lui touchait le bras délicatement comme pour la consoler du chagrin qu'il avait vu, lui aussi, dans son regard.

- Tu crois ?

La voix était étranglée par l'émotion, peut-être aussi par la gêne.

- Je pense qu'ils devraient savoir.

Après avoir regardé longuement son mari, madame Lever s'était tournée vers nous et sur le ton de l'excuse :

- Ce que je pourrais vous dire risque de vous perturber gravement. Mon pari pense que je devrais parler. J'hésite pourtant.
- Nous avons compris depuis un moment que vous n'allez pas nous conter un roman à l'eau de rose. Cependant, l'interrogation et le doute ne nous font pas de bien non plus.
- Ce que je vais vous révéler expliquera sans doute bien des choses pour vous et vous aidera à avancer dans la longue vie qui s'étend encore devant vous. J'espère seulement que vous saurez surmonter ce que vont susciter en vous mes révélations. Je ne voudrais pas vous causer de mal.

Je ne savais pas quoi lui répondre. Je pense être quelqu'un de pragmatique, voire de solide mentalement, mais cette femme me faisait peur.

- Quoi que vous ayez à nous dire, nous ne pourrons pas vous en vouloir. On voit que vous

êtes une femme de cœur et nous nous sommes montrés très insistants.
- Alors, je vais tout vous raconter et cela risque de prendre du temps. J'avais cuisiné pour deux jours, il y en aura assez pour quatre, nous ferions mieux de déjeuner avant.

L'odeur qui nous parvenait de la cuisine était bien tentante et je commençais à avoir faim. Les émotions ne m'ont jamais coupé l'appétit.

- Nous ne voudrions pas vous déranger.
- Pas du tout, nous serions très heureux d'avoir les enfants de Marjorie à notre table, n'est-ce pas Michel ?
- Tout à fait. Vous apportez un peu de vie dans notre routine trop calme. C'est beau la jeunesse. Notre fils unique vit au Canada, nous ne le voyons pas souvent. Nous sommes grands-parents par internet. Notre vie est plutôt monotone et voilà que nous tombons sur des petits neveux tout neufs. C'est plutôt une chance.

Pendant tout le repas, nous avons dû raconter nos vies à nos charmants hôtes. Ils voulaient tout savoir. Ce qui les enchantait le plus, c'était le récit de notre rencontre à Rachel et à moi, ma guérison, notre relation. C'était pour eux, le récit d'un miracle. Ils nous regardaient effectivement comme deux miraculés. Le repas était délicieux, madame Lever était un vrai cordon bleu et nous nous sentions très bien avec eux. Monsieur Lever avait ouvert une bouteille de bon vin. Rachel s'était détendue, elle souriait à madame Lever avec de l'affection dans les yeux. Cette fille avait tellement besoin d'amour et cette femme semblait en avoir beaucoup à donner. Elle me faisait penser à ma mère adoptive, toujours prête à aider, à écouter, à consoler, à aimer. Monsieur Lever était, lui aussi, attentif, un brave homme à n'en pas douter.

Ce n'est qu'après un succulent dessert et un bon café qu'ils nous ont priés de regagner le salon. C'était le moment de passer aux choses sérieuses. Monsieur Lever se chargerait de débarrasser et de la vaisselle. Il préférait sans doute ne pas assister à ces affaires de familles qui ne le concernaient pas directement.

Le récit de madame Lever.

Maria était ma sœur aînée. Elle et moi étions les seuls enfants de nos parents. Maria avait presque dix ans de plus que moi. Nos parents avaient toujours cru ne plus avoir d'enfant après sa naissance. J'étais arrivée par hasard. Je peux dire que j'ai eu deux mères. Maria me choyait autant que ma mère. Nos parents étaient des catholiques pratiquants, nous avons donc été élevées dans les principes, surtout Maria. Elle ne sortait pas avec des garçons et elle était très naïve. Elle avait fait des études de secrétariat et elle travaillait chez le notaire de Verberie. Nous étions très heureux tous les quatre.

C'est alors que Maria fit la connaissance de Paul Grandval. Elle avait vingt-cinq ans et lui presque quarante. Il faut dire que c'était un très bel homme qui ne faisait pas son âge, un beau parleur aussi. Il était veuf, sa femme était morte dans un accident domestique, comme on disait. Je n'ai jamais bien su de quel accident il s'agissait au juste. Il n'avait pas d'enfant. Ils se sont mariés très vite, mon père y avait veillé. Il ne voulait pas que cet homme déshonore ma sœur.

Depuis qu'elle le connaissait, j'avais remarqué que Maria s'éloignait de nous. J'avais quinze ans et j'en souffrais. J'adorais ma sœur, la complicité qui nous liait disparaissait petit à petit. Avant le mariage, elle vivait toujours à la maison, mais elle était le plus souvent avec lui et quand elle nous offrait sa présence, elle avait toujours l'air d'être ailleurs. Après le mariage, il l'a emmenée vivre à Chevrières où il travaillait à l'usine de sucre. Il gagnait très bien sa vie, il ne voulait plus que Maria travaille. Mes parents étaient contents, leur fille avait trouvé un bon parti, elle ne manquerait de rien. On la voyait de moins en moins. Elle me manquait de plus en plus. Quand elle venait passer quelques heures chez nous, on voyait qu'elle était pressée de repartir. Elle ne nous racontait pas grand-chose et je lui trouvais un air triste pour une jeune mariée. Elle ne tarissait pas d'éloges pour Paul, je doutais qu'elle soit sincère. J'en avais parlé à notre père, il m'avait dit que je me faisais des idées, que Paul était un homme bien et que ma sœur était certainement très heureuse avec lui.

Nous n'avions pas le téléphone à cette époque et nous avions fini par ne plus la voir. Elle écrivait de temps en temps pour ne rien dire. Jamais ils ne nous avaient invités chez eux. Deux ans après le mariage, Maria est tombée enceinte. Ma mère a absolument tenu à aller la voir. Elle est revenue très vite. Elle n'a rien voulu dire de sa visite. Maria a mis au monde un petit garçon mort-né. Elle n'a pas supporté le choc et est tombée dans la déprime. Ma mère est allée la soigner. Paul Grandval a très mal reçu ma mère et ne l'a supportée que parce qu'il ne pouvait pas faire autrement, il l'a renvoyée rapidement. Il prétendait que Maria allait mieux.

« Elle n'est pas heureuse avec lui », a dit ma mère quand elle est rentrée. « Elle a beaucoup de chagrin de la mort de son enfant, mais il n'y a pas que ça ». Mon père voulait aller trouver Grandval, ma mère l'en a empêché, elle avait peur qu'il envenime les choses.

Lorsque j'ai commencé à travailler à Compiègne, j'ai pris un studio en ville, je ne voulais pas faire la route tous les jours. Un jour que j'étais en congé, j'ai décidé d'aller voir ma sœur. J'avais tellement envie de la retrouver. Je n'avais pas eu de nouvelles depuis quelques mois. Lorsque j'ai frappé à sa porte et qu'elle est venue m'ouvrir, je l'ai à peine reconnue. Elle était devenue très maigre, malgré un ventre énorme. Elle était de nouveau enceinte d'au moins six mois. Elle avait les traits tirés et un regard triste à pleurer. Elle n'a pas montré la moindre joie de me voir, il m'a fallu un moment pour comprendre qu'elle avait peur. Elle m'a tout de même fait entrer. J'ai essayé de cacher ma stupeur. Ce n'était plus ma sœur que j'avais devant moi, mais une femme vieillie avant l'âge, elle avait à peine plus de trente ans, craintive et visiblement malheureuse. Elle s'était reprise et essayait de me faire croire que tout allait bien pour elle. Paul gagnait beaucoup d'argent - ça devait être vrai la maison était très bien meublée, tout était en ordre - Paul était un mari attentionné qui prenait bien soin d'elle, il était heureux d'attendre cet enfant après la perte du premier. Je doutais fortement des dires de ma sœur. Elle parlait, parlait comme si elle ne voulait pas me laisser en placer une, qu'elle ne voulait pas que je lui pose des questions. Elle gardait le regard fixé sur la pendule. Soudain, elle s'est levée et elle m'a dit :

- *Bon, je suis contente de t'avoir vue, mais il faut que je prépare le repas de Paul. Embrasse les parents pour moi.*

J'avais compris que je devais partir.

- *Tu pourrais quand même aller voir les parents, tu leur manques beaucoup.*
- *Tu sais, je suis très occupée avec la maison et ma grossesse. J'irai un de ces jours.*
- *Fais ton possible, ils seraient heureux.*
- *D'accord.*

Je savais au fond de moi qu'elle ne le ferait pas. C'est tout juste si elle ne m'a pas poussée dehors. Quand je me suis retrouvée dans la rue, je me sentais très mal. Ça n'allait vraiment pas dans la vie de ma sœur. J'aurais dû l'interroger, j'aurais pu lui proposer mon aide. Je culpabilisais tout en me disant qu'elle aurait refusé de me répondre et aurait encore plus refusé mon aide.

J'ai vu Paul arriver au loin. Toujours aussi fringant. J'ai traversé la rue. Il m'a vue, mais il n'a pas fait semblant. Je suis rentrée chez moi catastrophée. Je n'en ai pas parlé à mes parents, ils étaient déjà assez tristes de ne plus avoir de nouvelles de leur fille aînée. Nous avons reçu un faire-part de naissance de Marjorie. Aucune invitation à aller voir le bébé et l'accouchée. Ma mère a beaucoup pleuré. Je regrette que ni mon père ni moi n'ayons eu le courage de forcer le barrage que Paul Grandval avait érigé entre ma sœur et nous.

Je me suis mariée, peu après, avec Michel et nous avons eu notre fils. Ça les a un peu consolés. Jusqu'au jour où Maria est arrivée chez mes parents. Elle a raconté que Marjorie était enceinte et qu'elle refusait de dire de qui. Paul soupçonnait un des professeurs du collège que fréquentait Maria. Il menaçait d'aller le massacrer. Maria ne savait pas quoi faire. Mon père a suggéré d'aller porter plainte, Paul ne voulait pas. Elle pleurait à ne plus pouvoir s'arrêter. Ma mère essayait vainement de la consoler. Mon père bouillait de rage. Aucun des deux ne songeait à lui reprocher de nous avoir abandonnés. Par hasard, je suis arrivée en pleine scène familiale. Je n'ai pas mâché mes mots.

- *Tu débarques comme ça chez nous après des années de silence, des années où tu ne t'es pas soucié de savoir si les parents allaient bien et tu viens nous annoncer que ta fille est enceinte d'un charlot quelconque. Que veux-tu que ça nous fasse et que veux-tu de nous ?*

J'étais folle de rage. Elle ne répondait pas, fixant ses pieds. Ma mère a essayé de me calmer.

- *Claire, laisse-la parler !*

Elle se tordait les mains, ne nous regardait pas ; les yeux fixés sur le plancher comme une gamine qui aurait honte d'une bêtise qu'elle aurait commise.

- *Parle, alors !*

Elle ne se décidait toujours pas. C'est alors que j'ai vu les bleus sur ses bras. Elle avait fait en sorte de les cacher, mais la manche de son pull s'était relevée.

- *Paul te bat, c'est ça ?*
- *Bien sûr que non, Paul ne ferait jamais ça !*
- *Ne nous dis pas que tu t'es fait ces bleus toute seule !*
- *Oui, et alors !*

J'ai compris qu'on n'en tirerait jamais plus.

Ma colère se passait un peu, j'avais peut-être été un peu trop loin, je n'avais pas envie de faire du mal à ma sœur malgré le mal qu'elle nous avait fait. Je n'avais jamais cessé d'aimer ma sœur. Je me suis reprise et j'ai commencé à lui parler plus posément.

J'ai voulu lui faire comprendre que Paul n'avait peut-être pas raison et de massacrer le débaucheur, il en était capable, n'arrangerait rien. Elle ne voulait rien entendre. Paul avait toujours raison. Je lui ai alors demandé pourquoi elle venait se confier à nous si c'était pour ne pas écouter nos conseils. Elle s'est alors fermée comme une huître. D'une voix éteinte, presque inaudible, elle a répondu :

- *Je ne sais pas ce que je veux, je voulais seulement…*

Elle n'en a pas dit plus avant de se remettre à pleurer. Ma mère, un cœur d'or, l'a prise dans ses bras.

- *Tu sais que tu peux tout nous dire, on est là pour t'aider autant qu'on le pourra.*

Elle ne disait plus rien, continuant à pleurer. Tout à coup, elle s'est redressée, a cessé de pleurer et s'est écriée, comme affolée :

- *Il est tard. Il faut que je rentre. Je reviendrai. Je vous aime.*

Et avant qu'on ait eu le temps de dire un mot, elle avait saisi son sac et elle était partie.

- *Tu devrais lui courir après, a dit mon père.*
- *Non, papa, c'est sa volonté.*

Je me souvenais encore de cette fois où j'avais voulu lui rendre visite et où elle m'avait pratiquement mise à la porte.

- *La pauvre petite, a dit ma mère !*
- *Il la frappe, c'est sûr, j'ai dit.*
- *Ce n'est pas possible, a dit mon père, c'est un homme bien.*

Mon père était d'une naïveté sans pareille, il ne pouvait même pas imaginer une telle chose.

- *Je suis sûre que oui, vous avez vu ses bras ?*

- *Elle nous le dirait.*
- *Certainement pas !*
- *Qu'est-ce qu'on peut faire alors ?*

Ma mère avait fondu en larmes.

- *Pas grand-chose, j'en ai bien peur, si elle ne veut pas l'admettre. Elle est entièrement sous sa coupe. C'est un homme dangereux. Il l'a séparée de nous pour mieux la soumettre.*

Je revoyais ma sœur avant qu'elle ne le connaisse; elle était gaie, vivante, j'en avais le cœur brisé.

- *Et sa fille de quinze ans qui est enceinte !*
- *Pour ça non plus on ne peut rien faire.*

Je me demande encore aujourd'hui, surtout après tout ce que vous venez de nous raconter, si vraiment nous n'aurions pas pu faire quelque chose. Je crois que nous avions peur de Paul Grandval, nous aussi. On le connaissait à peine, mais on avait tous senti quelque chose de redoutable en lui. J'avais aussi perçu dans les silences de ma sœur quelque chose de plus grave, sans pouvoir vraiment savoir ce que c'était.

Puis, le silence est revenu. Maria avait à nouveau disparu de notre horizon. Mon père commençait à avoir des problèmes de santé, ma mère était dépassée, j'avais autre chose à faire qu'à me soucier de ma sœur. Je me partageais entre mon foyer et le domicile de mes parents.

Un jour, je m'en souviens encore, j'étais venue aider ma mère à faire manger mon père qui ne bougeait plus beaucoup. Un voisin est venu sonner à la porte.

- *Paul Grandval, c'est bien le mari de votre fille ?*
- *Oui, pourquoi ?*

Il tenait à la main, un journal.

- *Regardez !*

À la page de Chevrières, un article avait attiré son attention.

Monsieur G. bien connu dans notre petite ville a été arrêté ce matin à son domicile. Il a été accusé d'inceste par sa fille. Il aurait abusé d'elle depuis ses dix ans. Je n'ai pas lu la suite de l'article, car mon père donnait des signes d'étouffement.

- *Calme-toi, papa, je vais aller voir ce qui se passe.*

J'ai sauté dans ma voiture pour aller voir Maria. Elle m'a accueillie plutôt froidement.

- Tu as lu les journaux, c'est ça. Rien que des mensonges. Paul est innocent.

Elle ne changerait jamais. Ou alors, elle avait si peur qu'elle ne pouvait pas parler. Elle était irrécupérable. Je voulais voir ma nièce. Elle a prétendu qu'elle était allée faire des courses avec sa petite. J'ai bien compris que c'était faux. Je n'ai pas pu savoir où elle était. Maria oscillait entre le déni et l'incohérence. Elle ne savait plus très bien ce qu'elle disait. Elle s'emmêlait entre sa fille et sa petite fille. Pour finir, elle est entrée dans une colère noire et m'a mise dehors en criant que j'étais pire que les vautours qui s'acharnaient sur eux. Je suis revenue chez mes parents, complètement dévastée. Mon père avait fait une crise, on l'avait amené à l'hôpital. Il est décédé peu après. Ma mère et moi avons essayé de retrouver Marjorie pour l'aider. Son père était en prison et ce n'est pas sa mère qui le pouvait. Nous avons appris plus tard que Paul Grandval avait été condamné à cinq ans de prison. À sa sortie de prison, il est revenu chez lui où ma sœur l'avait attendu. Il est mort huit ans après.

Quand j'ai appris sa mort, j'ai voulu revoir ma sœur. Ils avaient déménagé à Francières. Elle vivait alors, seule en recluse. Une voisine charitable faisait ses courses. J'ai pu renouer un semblant de lien avec elle, mais dès que je parlais de Paul ou de Marjorie, elle se mettait dans tous ses états. Elle avait aussi de très longs moments d'absence, puis elle se mettait à crier comme si la peur l'envahissait. Elle criait que Paul allait la tuer comme il avait tué Marjorie. Quand elle semblait redevenir elle-même, elle me racontait une vie rêvée avec Paul qui l'adorait ainsi que sa merveilleuse fille qui avait fait un riche mariage et qui vivait à l'autre bout du monde. Je lui ai souvent demandé ce qu'était réellement devenue Marjorie et son enfant, elle me répondait n'importe quoi. Elle parlait aussi d'un autre enfant, je n'ai jamais pu savoir si c'était vrai. Ma sœur racontait tellement de fariboles. Elle pouvait aussi dire que j'avais tout inventé que Marjorie n'avait jamais été enceinte à quinze ans que j'avais inventé cette histoire. Elle 'est enfoncée de plus en plus dans la démence, on a dû la placer. Les recherches pour retrouver Marjorie ayant été vaines, la maison avait été vendue.

Depuis, je continue à aller la voir, elle ne me reconnaît pas toujours, mais même quand elle me parle comme à sa sœur, ses propos sont incohérents.

- *Voilà tout ce que je sais. Ce n'est pas très joli, je vous promets que c'est la réalité, si triste soit-elle. Vous dites que Marjorie avait changé de nom. On le comprend aisément après ce qu'elle a subi en étant enfant.*

Simon

Madame Lever s'était arrêtée épuisée, la charge émotionnelle l'avait terrassée. Son mari qui était venu nous rejoindre lui avait pris la main affectueusement. Elle se laissait aller contre lui. Elle avait eu tellement plus de chance que sa sœur !

Ainsi c'était ça, notre grand-père était ce monstre qui faisait tellement peur à notre grand-mère. Dans sa folie quand elle m'avait vu, elle avait cru que c'était lui. On se ressemblait avait dit madame Lever. Il avait dû lui faire subir des horreurs. Mais le pire de tout ça, c'était notre naissance à Rachel et à moi. Inceste, elle avait bien dit inceste. On pouvait donc légitimement penser que nous avions été engendrés par notre grand-père. J'en avais des frissons. Je ne parvenais toutefois pas à le croire. Madame Lever avait parlé d'un professeur qui aurait mis enceinte Rachel, j'avais peut-être, moi aussi un père de passage. J'aurais voulu le croire. Il était plus probable que Maria ait dit ça à ses parents pour ne pas dévoiler les crimes de son mari. Depuis ses dix ans… Au fur et à mesure que je réalisais ce qui s'était passé dans la vie de ma mère biologique, j'avais des nausées que je parvenais difficilement à maîtriser. Sans compter que moins d'un an après j'étais arrivé par les mêmes voies. Non, je ne pouvais même pas imaginer ce qu'avait pu ressentir

Rachel. Après tout nous ne pouvions pas être certains que nous étions issus des turpitudes de Paul Grandval. Pourtant, les faits étaient là. Il avait été condamné par la justice. Quand je pense que les preuves c'étaient Rachel et moi ! Je voguais encore entre refus et espoir de me tromper. J'en avais mal à la tête. Je ne pouvais pas regarder Rachel.

Il y avait aussi les tests ADN qui donnaient de fortes chances que nous ayons le même père en plus de la même mère. C'était un tourbillon qui m'entraînait vers l'horreur. Quand, enfin, j'ai eu le courage de me tourner vers ma sœur, j'ai vu des larmes qui coulaient silencieusement sur ses joues. Madame Lever s'est levée pour aller la prendre dans ses bras et l'embrasser.

- Je mesure toutes les conséquences que mes révélations ont pu avoir sur vous. Je ne pouvais pas faire autrement. Je m'en excuse et je vous demande aussi pardon. Je me suis toujours sentie coupable quand je voyais ma sœur. Coupable de ne pas avoir eu le courage de la tirer des griffes de ce monstre, ainsi que ma nièce. J'aurais dû être plus intrusive au risque de blesser Maria. J'aurais pu, peut-être, éviter tous ces drames. Il est vrai que je n'aurais jamais pu imaginer pareilles horreurs. J'aurais dû pousser mes parents à agir. On est bête quand on est jeune et notre naïveté n'aurait jamais pu nous faire entrevoir cette terrible vérité. Mon père n'avait pas les épaules pour aller affronter Paul Grandval et ma mère encore moins. J'aurais peut-être pu, moi. J'avais mon fils, mon mari, ma maison, je courais après la vie. Que ma sœur soit une femme battue, c'était une adulte responsable. Je pensais que si elle acceptait ça, c'est qu'elle le voulait bien. J'ai été égoïste et indifférente, je ne me le pardonne pas.

Je ne savais pas quoi lui répondre. Il me faudrait beaucoup de temps avant de voir clair dans ce que je venais d'apprendre. Il n'était pas question que j'accuse cette pauvre femme, je saurais lui dire en temps voulu. Je pense qu'elle comprenait.

Rachel

Je me sentais si bien dans le salon des Lever. J'avais, dès le départ, ressenti un élan vers eux. Comme si je me découvrais une famille. Je prenais conscience de ce qu'était vraiment une famille. J'avais vu celle de Simon, mais c'était sa famille. Chez les Lever, j'étais dans ma famille. Ces personnes étaient attachantes, je n'avais jamais eu, dans mon entourage des personnes de ce genre. Sans doute parce qu'étant refermée sur moi-même, j'avais érigé une barrière qui aurait empêché tous Les Lever du monde de m'approcher de si près. La vie et Simon m'avaient forcée à franchir les barrières et à aller à leur rencontre. Le repas que nous avons partagé a encore renforcé ce sentiment d'être enfin à ma place. Je n'avais absolument pas anticipé ce que madame Lever pouvait avoir à nous raconter. Je me laissais aller à la chaleur ambiante, j'étais bien. Je regardais les photos sur le grand bahut en face de moi. Il y avait une photo de mariage, puis une photo de jeunes parents. Le père fier de cet enfant que la femme portait dans ses bras. La photo d'un jeune garçon rieur, puis la photo de deux jeunes enfants d'aujourd'hui. Un résumé de la vie de nos hôtes. Tout ça respirait le bonheur tranquille de ceux qui s'aiment. Bien loin de la vie à laquelle ma mère et moi avions eu droit. Je n'étais pas jalouse, ma vie aurait pu être pire. J'aurais pu naître dans un pays en guerre, j'aurais pu être élevée dans un orphelinat, dans une famille violente, battue tous les jours par un père alcoolique. Si je n'avais pas eu d'amour, j'avais eu la tranquillité, et la sécurité. Malgré tout, j'avais toujours rêvé d'avoir une famille comme les Lever.

Je savourais les merveilles culinaires de notre hôtesse et j'imaginais que j'aurais pu être le bébé sur la photo, une jeune fille rieuse à la place du garçon. Moi, je ne serais jamais partie à l'autre bout du monde.

Mais je n'étais que moi à Nantes et à la recherche de l'histoire de ma famille. Famille bien loin d'être rêvée.

J'avais proposé mon aide à la fin du repas, madame Lever avait refusé.

- Merci, Rachel, mon mari va s'en occuper, nous avons à parler.

Je la sentais tendue, elle avait perdu ce sourire si doux qu'elle avait depuis qu'elle avait appris qui nous étions. Je m'étais peut-être trompée quand j'y avais vu de la pitié. Pitié dissimulée derrière une chaleur immédiate.

Tandis qu'elle commençait son récit, je la voyais se détendre un peu. Je voyais par contre son regard s'assombrir et l'émotion l'envahir au fur et à mesure qu'elle replongeait dans le passé. J'avais du mal à imaginer la vieille femme décharnée et terrorisée que j'avais vue à l'EHPAD comme une jeune femme insouciante, puis amoureuse, puis mère de ma mère. Apprendre que son mari la violentait ne fut pas une surprise, son délire verbal à la vue de Simon nous l'avait fait pressentir. Il était certain que ce Paul Grandval, notre grand-père, était un sale bonhomme qui avait réussi à isoler sa femme de sa famille pour en prendre le contrôle, la dominer et la frapper. Je commençais aussi à imaginer ma mère dans cette ambiance de violence. Son enfance avait encore dû être pire que la mienne. Je commençais à comprendre cette tristesse qui ne la quittait pas, et aussi cette froideur. Quand on a vécu des moments aussi difficiles, c'est compliqué de se comporter dans la normalité. Avait-elle connu l'amour de sa mère ? Cette femme qui vivait dans la hantise des coups pouvait-elle choyer sa fille ?

Quand elle en est arrivée à la visite de ma grand-mère à ses parents pour leur dire que sa fille de quinze ans était enceinte, madame Lever a dû faire une pause. Son mari qui nous avait rejoints est allé lui chercher un verre d'eau qu'elle a bu très lentement, comme pour gagner du temps.

Ni Simon ni moi n'osions lui poser des questions. Un silence attentif régnait dans la pièce. C'était comme si nous n'avions pas très envie de connaître la suite et notre hôtesse plus envie de poursuivre. Une trêve avant la bataille finale. L'ombre d'une menace semblait planer. Ombre réelle, car un nuage était soudain passé dans le ciel. La clarté du soleil de printemps avait capitulé.

Madame Lever hésitait, on le sentait bien. Que pensait-elle à cet instant ? Elle regardait tour à tour Simon et moi essayant sans doute de nous juger, serions-nous capables d'entendre la suite ? Dans son hésitation, elle nous quémandait une autorisation de continuer, d'aller jusqu'au bout. C'est du moins ce que j'ai pensé en revoyant la scène, plus tard. J'en étais encore seulement à la représentation de ma mère voyant chaque jour son père brutaliser sa mère. Il y avait aussi l'image d'un homme, ce professeur de collège qui aurait été mon père. Un homme qui aurait abusé d'une gamine de quinze ans. Avait-elle cru être amoureuse de lui ? L'avait-il violée ? Quoi qu'il en soit, je n'avais pas eu un homme bien comme père.

Devrais-je aussi me lancer à sa recherche ? Avait-il aussi été le père de Simon ?

Puis, elle s'est remise à parler comme à regret, mais avec la certitude de devoir le faire. Et tout ça, les coups du grand-père, le professeur détournant une mineure allait prendre un tout autre éclairage. La noirceur s'épaississait, le drame plongeait dans l'horreur. Madame Lever parlait par saccades, les mots avaient du mal à sortir de sa bouche. Après l'ultime phrase, elle s'est mise à pleurer.

J'étais trop atterrée pour avoir la moindre réaction. Il me semblait que si je faisais le plus infime mouvement, j'allais me briser en mille morceaux. La compréhension faisait son horrible chemin dans mon esprit. C'était lent, c'était douloureux et je ne pouvais rien faire pour endiguer ce fleuve d'immondices. Le professeur n'avait jamais existé, en tout cas n'avait jamais engrossé ma mère, c'était son propre père qui s'en était chargé et qui avait recommencé. Nous étions tous deux les enfants de l'inceste. La vérité était là, nous l'avions cherchée, il allait falloir faire avec. Comment allions-nous faire ?

Simon

Que dire après tout ça ? Nous ne pouvions plus rester dans cette pièce où tout avait été dit. J'avais besoin de partir, de m'éloigner, non pas de ces braves gens, mais de tous ces mots qui flottaient encore dans l'air. Besoin de respirer, pendant toute la dernière partie du récit de notre grand-tante, j'avais été en apnée.

J'ai brièvement remercié la dame, salué son mari et je suis parti. J'avais complètement oublié Rachel. J'étais seul dans ce monde que je venais de découvrir. Des images terribles peuplaient mon cerveau. Je n'avais jamais vu Paul Grandval ni Marjorie, pourtant j'avais l'impression d'avoir assisté à ces crimes qui venaient de m'être révélés. Cette gamine de dix ans, ce pervers n'avaient pas de visages ou si peu ; je ne pouvais pas associer ces images aux photos que Rachel m'avait montrées. Une envie de vomir m'entravait la gorge, une envie de vomir et quelque chose de solide que je ne parvenais ni à cracher ni à avaler. L'horreur, sans doute. Jusque là, c'était seulement la vision de Marjorie et de son prédateur qui m'avait occupé. Petit à petit, je prenais conscience que j'étais moi aussi touché. Moi aussi, j'avais en quelque sorte été violé. Ma vie était due à un viol et quel viol ! Plus que jamais je me sentais appartenir à ce monde où de telles atrocités pouvaient avoir lieu. Je ne flottais plus dans ce monde incertain que je n'avais jamais pu nommer, je flottais dans ce monde-là ; plus que jamais j'étais étranger au monde normal. Comment pourrais-je être normal, j'étais né de ce monstre, son sang coulait dans mes veines, ses gènes étaient mon héritage.

J'avais voulu savoir, je n'étais pas sûr de vouloir l'accepter. J'avais pu vivre vingt-deux ans dans l'ignorance, je m'étais dit qu'il valait mieux connaître la vérité que vivre dans le doute, je ne m'attendais certainement pas à cette vérité qui me renvoyait à une question existentielle. Comment une telle atrocité avait-elle pu me donner la vie ? J'aurais pu être le résultat d'une erreur. À seize ans, Marjorie aurait pu se fourvoyer dans une aventure impossible avec un garçon, avec un homme qui l'aurait abandonnée ; un bon à rien, un homme marié, quelqu'un qu'elle aurait cru aimer. Ayant déjà un enfant, elle n'aurait pu me garder. J'aurais pu lui en vouloir ou la plaindre, en tout cas j'aurais compris et je ne me serais pas senti aussi mal.

Jusque là, j'avais toujours été heureux. Je venais de me dédoubler. Il y avait eu le Simon ignorant d'où il venait, curieux, persuadé que s'il avait la réponse, il se sentirait plus complet, plus réel. Il était en suspens. Il y avait à présent le Simon qu'un cataclysme venait de frapper et qui ne savait même plus s'il était vivant et encore moins qui il était vraiment. Ou plutôt si, qui savait qu'il était le résultat du plus terrible des crimes.

Je marchais dans les rues du village sans me rendre compte que j'allais dépasser les dernières maisons, je marchais si vite que je pouvais à peine respirer, je ne pouvais plus m'arrêter. Je m'enfuyais comme si j'avais été poursuivi par ce monstre qui avait été à la fois mon grand-père et mon père. Je m'enfuyais loin de cette pauvre fille, de son martyre, cette pauvre fille qui était ma mère. J'aurais voulu être au bord d'un lac, de la mer pour pouvoir me plonger dans l'eau, me purifier par une sorte de baptême. Oublier, oublier, m'épuiser et oublier mon existence. J'avais eu peur de mourir, j'avais lutté de toutes mes forces pour vivre, avais-je eu raison ?

Je savais très bien que je ne me suiciderais pas, je n'en avais pas le droit, pour mes parents, pour Rachel. Rachel, je l'avais complètement oubliée. Elle avait reçu le même choc que moi et je l'avais abandonnée. Le souvenir que j'avais une sœur et que j'avais été égoïste en la laissant m'a fait revenir sur terre. Je devais aller la retrouver, lui apporter mon aide comme elle m'avait apporté la sienne. Je suis retourné sur mes pas. Elle avait dû se demander où j'étais passé. Il n'était peut-être pas encore temps de confronter nos états d'esprit, mais je sentais que si nous étions ensemble, le courage nous viendrait de le faire. À deux on est plus fort, non ?

Je ne m'étais pas rendu compte que j'avais marché si loin ? J'avais mal aux pieds, j'avais mal aux mains d'avoir si fort serré les poings. J'étais épuisé et hors d'haleine quand je suis revenu près de la maison des Lever.

Rachel m'attendait, j'ai vu tout de suite qu'elle s'était inquiétée. Madame Lever était à ses côtés. J'ai voulu m'excuser de m'être comporté ainsi, elle m'a fait signe que ce n'était pas la peine.

- Mes enfants, rentrez chez vous, vous reparlerez de tout ça entre vous. Je pense que vous allez avoir besoin de courage pour surmonter tout ça. Je comprendrais très bien que vous ne vouliez plus avoir de contact avec nous, sachez seulement que cette porte vous sera toujours ouverte que ce soit bientôt ou beaucoup plus tard. Oubliez votre grand-mère, vous ne lui devez rien et moi, je m'en occupe. Je vous souhaite de surmonter ce choc. Vous avez une belle vie devant vous, ne la gâchez pas avec quelque chose dont vous êtes seulement les victimes.

Elle embrassa Rachel qui était blanche comme une morte et qui se laissa faire sans réagir. Elle fit mine de s'avancer vers moi, mais y renonça. Nous sommes montés en voiture.

- Tu vas pouvoir conduire ?

Rachel m'a regardé comme si elle n'avait pas compris.

- Tu te sens assez bien pour conduire ?
- Oui, je crois.
- Nous sommes rentrés à l'hôtel dans le plus profond silence.

Rachel

Lorsque je me suis retrouvée seule dans ma chambre, je me suis effondrée. La tension nerveuse se dissolvait et je repensais à tout ce qui s'était passé depuis ce matin. Notre arrivée chez les Lever, cette affection subite que j'avais ressentie pour notre tante, la paix de ce repas familial, puis le tsunami. Je crois que je n'avais pas encore réalisé pleinement ce que cela voulait dire. On lit le plus souvent dans les journaux des histoires de ce genre à présent que les langues se délient, on entend la parole des victimes, cependant, je ne me souviens pas d'avoir entendu la parole d'enfants nés de ces viols incestueux. Il n'y en avait peut-être pas tellement, les bourreaux prenant garde de ne pas se reproduire ou ne voulant pas de traces vivantes de leurs forfaits. Pourtant nous étions là, Simon et moi. Ma mère avait dû subir deux grossesses des œuvres de ce salopard. Elle aurait pu avorter, pourquoi avait-elle mené ces deux grossesses à terme ? Je ne le saurais jamais. Son père ou sa mère l'en auraient-ils empêchée ? À quinze et seize ans, mettre des enfants au monde dans ces conditions, c'est inhumain. Je mesurais la détresse qui a pu être la sienne et je comprenais comment elle avait pu perdre son humanité. Qu'avait-elle ressenti quand elle m'avait mise au monde ? Qu'est-ce que je représentais pour elle ? J'étais le fruit de ce qu'elle avait enduré. Je me suis mise à pleurer. J'aurais tant voulu qu'elle soit encore là, je serais allée vers elle, je l'aurais forcée à me parler. Maintenant que je savais tout, j'aurais su trouver les mots. Je n'aurais pas pu la forcer à m'aimer, mais j'aurais pu lui dire que je l'aimais. Ni sa mère ni son père ne l'avaient jamais aimée. Il n'était pas possible que sa mère ne se soit jamais doutée de ce qui se passait dans sa maison ! Elle n'avait rien dit, elle avait laissé sa fille dans sa détresse. Elle avait même trouvé le culot de défendre son ordure de mari en prétendant que c'était un des professeurs de Marjorie qui l'avait mise enceinte. J'avais du mal à voir en elle une autre victime. Coupable certes, mais quand même victime quoi que je puisse en penser, car c'est seulement dans la folie qu'elle avait pu laisser éclater sa peur. Je pleurais sur ma mère, sur moi ça viendrait certainement plus tard. Pour l'instant, je pleurais sur cette maman que je n'avais pas eue, mais que j'aurais pu avoir si son cœur n'avait pas été brisé par ces deux êtres qui étaient ses parents.

Et puis il y avait Simon ! Je ne pouvais pas m'empêcher de me sentir coupable. Coupable de ne pas l'avoir retenu quand il avait voulu se lancer dans cette aventure. J'aurais dû écouter cette petite voix qui m'angoissait. J'avais pensé que je n'avais pas le droit, pourtant on peut avoir le droit quand on veut protéger quelqu'un. Je n'avais pas su le protéger, lui qui était encore si faible, lui qui avait vécu en sécurité près de ses parents adoptifs était-il capable de surmonter de telles révélations ? Sinon ce serait de ma faute, je lui avais sauvé la vie, mais seulement pour la lui empoisonner. Cette deuxième vie qu'il venait juste d'entamer, il devrait la passer avec ce boulet qui lui était mis au pied et je ne pourrais rien faire pour l'aider. Il ne me restait plus qu'à prier pour que ses parents adoptifs puissent le faire.

Je frémissais en pensant qu'il me verrait toujours comme une anomalie de la nature, comme lui. Je lui rappellerais toujours la manière dont il avait été conçu. Je ne pourrais pas le supporter, j'allais m'éloigner de sa vie. Pour qu'il puisse un jour oublier si c'était possible. Je serais toujours seule, comme je l'avais été jusque là, ce n'était pas très grave. J'avais connu le bonheur que m'avait apporté ce frère, je devrais faire une croix dessus. Je me retrouverais dans le désert.

Je voulais refouler tout au fond de moi ce que m'avait fait ressentir le fait de connaître les circonstances dans lesquelles la vie m'avait été donnée. Avec ma mère, je m'étais toujours sentie de trop. Je resterais seulement là-dessus, j'étais de trop. Je pouvais maîtriser ce sentiment que je connaissais si bien. Pour l'instant, j'en resterais là.

J'ai fini par m'endormir, harassée.

J'ai été réveillée par un discret grattement à ma porte. J'ai regardé l'heure. Il était 23 heures. Je n'avais pas dormi longtemps.

- Rachel, tu dors ?

Je croyais que je rêvais.

- Rachel !

Il m'a semblé que le ton était plaintif, voire désespéré. Je me suis levée, complètement réveillée.

- C'est toi, Simon ?
- Je peux venir ?

J'hésitais. Qu'allais-je lui dire ? Mais c'était plus fort que moi.

- Bien sûr !

Il est entré sur la pointe des pieds et il est venu s'étendre à côté de moi.

- Je ne peux pas dormir !

On aurait dit un petit garçon qui avait peur du noir. Je savais que c'était bien pire que ça, moi aussi, j'avais peur. Sans rien dire, je l'ai pris dans mes bras. J'avais l'impression qu'il tremblait. Il ne disait plus rien. Nous sommes restés un très grand moment sans bouger. Je me disais qu'il pourrait peut-être m'accepter dans sa vie.

- Je vais retourner dans ma chambre, je ne veux pas t'empêcher de dormir.

Je n'avais plus sommeil.

- Si ça te fait du bien, tu peux rester.
- Tu es sûre ?
- Oui.

Il s'est endormi aussitôt. Je n'osais plus bouger. Mon petit frère ! Il avait encore besoin de moi, ça me faisait du bien, malgré tout. J'ai essayé de ne plus penser, je crois que j'y suis parvenue.

Quand je me suis réveillée le lendemain matin, il faisait jour et Simon était parti. Je l'ai retrouvé à la table du petit déjeuner. Nous n'avions pas mangé depuis la veille à midi. Il avait les traits tirés, mais il mangeait des croissants de bon appétit, ce qui m'a rassurée.

- Je suppose que tu n'as pas beaucoup dormi.
- Je me suis endormi avec toi, mais je me suis réveillé deux heures plus tard et tout s'est remis à tourner dans ma tête. Je suis retourné dans ma chambre. J'ai trouvé un peu le sommeil au petit matin, j'ai fait d'horribles cauchemars. Et toi ?
- Quand tu es venu, j'avais un peu dormi. Après j'ai eu du mal, je pensais beaucoup à ma mère.
- Tu en pensais quoi ?
- J'aurais voulu savoir tout ça, malgré le mal que ça me fait. J'ai toujours pensé que nos relations particulières avaient une cause, mais je n'aurais jamais pensé à celle-là. J'aurais pu l'aider. C'est ce qui me désole le plus de penser que personne ne l'a aidée.
- J'avoue que j'ai du mal à penser à elle.
- Normal, tu ne l'as pas connue.
- Pourtant je l'ai imaginée tant de fois sans pouvoir lui donner des traits. Maintenant que j'ai vu sa photo, que tu m'as parlé d'elle, je ne parviens même plus à l'imaginer.

- C'est parce que tu t'y refuses au su de ce qui lui est arrivé. Ça pourrait te faire encore plus mal.
- Sans doute. Qu'est-ce qu'on fait maintenant ?
- Il n'y a rien à faire sinon de continuer à vivre avec ça en plus.
- Ça ne va pas être facile !
- Je sais.

Un silence lourd est tombé, j'avais du mal à finir mon petit déjeuner. Il ne restait plus qu'à rentrer à la maison. Je mettrais Simon dans le train pour Strasbourg et je retournerais à ma solitude. Ce n'était pas ainsi qui nous avions pensé finir notre périple.

Simon

Moi qui pensais que je venais d'une autre planète, je n'étais que le produit de ce que notre bonne vieille terre a pu produire de plus horrible. Mon cerveau ne parvenait pas encore à réaliser la véracité des faits. Je n'avais jusqu'à présent côtoyé que des hommes bien. Était-ce une chance ? Je n'en savais rien. Je n'étais pas naïf et je savais que le monde pouvait produire des monstres sous des traits humains. Je le savais, mais ce n'était qu'une vague perception. Ça ne se passait que rarement et loin de moi. Et voilà que la réalité du fait explosait dans ma vie. C'était mon père biologique ou plutôt mon grand-père, le monstre. La victime, c'était ma mère. Et moi je ne savais vraiment pas ce que j'étais. Naturellement j'avais voulu connaître mes racines, je me sentais incomplet sans cette connaissance, je me retrouvais avec des racines entachées du pire des crimes. Le spermatozoïde qui m'avait donné corps n'aurait jamais dû pénétrer cette gamine de seize ans déjà issue de la même source. Je n'aurais jamais dû être conçu et naître. Elle s'était trouvée obligée de m'abandonner, moi le fruit du calvaire qu'elle avait subi. Elle avait déjà dû garder Rachel qui lui rappelait sans cesse ce qu'elle avait subi, on ne pouvait pas lui demander d'élever un second enfant dans ces conditions. Il y avait, au fond de moi, un trou noir béant. Mes racines, c'était une fille sacrifiée au vice de son père, ce père qu'on ne pouvait pas considérer comme un être humain, mais comme une bête immonde. Je le vomissais, mais en le vomissant, c'était un peu moi que je vomissais.

J'avais promis à mes parents de leur téléphoner pour leur faire part des résultats de nos recherches, je n'avais pas été capable de le faire. Comment leur dire tout ce que je ressentais à cette heure ? Ma mère serait dans tous ses états et mon père serait anéanti. Surtout ils auraient peur pour moi. Je venais juste de retrouver une vie qui s'annonçait longue et belle, mon avenir avait changé de forme et de couleur. Dans mes veines coulait le sang d'un monstre. Pourrais-je un jour avoir des enfants et leur transmettre ces gènes pourris ? Heureusement, on n'en était pas encore là. Je n'avais pas rencontré la femme de ma vie, je l'attendais plein d'espoir et voilà que les espoirs s'envolaient. Je ne pourrais jamais avouer d'où je venais à une femme que j'aimerais. Je sais que je n'y suis pour rien, rien qu'une victime collatérale, pourtant je ne me vois pas raconter à une femme ce que je venais d'apprendre. Entre la pitié, la répulsion ou je ne sais quoi d'autre, je ne saurais démêler ses sentiments qu'elle ferait certainement tout pour cacher. Je ne saurais supporter le doute lancinant qui serait en moi imaginant ce qu'elle pourrait penser. Existe-t-il sur terre une femme capable de faire taire ce que je lui inspirerais pour m'aimer tout simplement ?

Je pensais aussi à Rachel, le sort nous avait réunis puis l'infortune. Contrairement à tous ceux qui m'entouraient, avec elle j'avais trouvé quelqu'un de ma race. Alors que j'étais seul dans mon étrangeté, Rachel était un autre moi-même, semblable à moi en tous points. Ressentait-on ça avec sa sœur en général ? Je ne pouvais pas le savoir n'ayant jamais eu de sœur. Je n'étais plus seul sur ma planète. Je n'en étais pas encore à éprouver du soulagement. Je ne faisais que constater le fait. Je me demandais ce qu'elle pouvait ressentir, elle.

Ma sœur de désespoir. J'avais peur de lui demander ce qu'elle voyait pour son avenir. J'avais peur de ce qu'elle pourrait me dire. J'avais toujours devant les yeux le regard terrible que la vieille femme qui était aussi notre grand-mère avait jeté sur moi. J'y avais lu de l'effroi, de la terreur, mais aussi le plus puissant dégoût. Ce n'était pas moi qu'elle voyait, je n'étais que l'image ressemblante de son terrible mari, pourtant je ne pouvais m'empêcher de penser que si j'avais hérité de ses traits, j'avais peut-être aussi hérité d'autres choses et je refusais de me demander quoi.

Je sentais que Rachel avait besoin de se retrouver seule, j'ai repris le train pour Strasbourg. J'avais appelé mes parents, seulement pour leur dire que je leur raconterais tout à mon retour.

Avant de nous séparer, j'ai longtemps serré ma sœur dans mes bras. Je ne savais pas quoi lui dire, mais je savais qu'elle me comprenait. Nous avions besoin de temps pour nous faire à ce que nous étions vraiment. J'ai trouvé le trajet trop court. Je n'avais pas envie de rentrer à la maison, de retrouver mes parents, les ruines de ma vie d'avant. Plus que jamais, je me sentais étranger à la vie que j'avais menée jusqu'à présent. Je ne voulais pas faire de peine à mes parents, ils ne pouvaient pas comprendre ce que je vivais. Je ne doutais pas de leur amour, seulement de leur compréhension de mon nouvel état et des difficultés que j'aurais à me réadapter. Je savais à présent ce qui m'avait toujours empêché de me sentir à ma place, ce n'était pas pour autant plus facile de le surmonter.

Je devais pourtant leur raconter, je ne pouvais pas garder ça pour moi. Je devais seulement trouver le courage de le faire. Ils sauraient me réconforter à défaut de soulager mes peurs et mon dégoût. Ils y mettraient un peu de douceur. Je ne sais pas si ça m'aiderait, mais je voulais me raccrocher à cette idée.

Je suis étrange, étranger, je ne sais plus qui a dit irremplaçable parce que différent, unique aussi. Mais je ne suis plus seul à être unique, nous sommes deux et c'est une richesse que je peux mesurer. Unique à deux, originaux et après tout qu'importe la cause de cette originalité. Nous devons l'accepter comme quelque chose dont nous ne sommes pas responsables. Accepter, c'est notre responsabilité à nous. Voir ce que nous pouvons en tirer pour avancer dans la vie. Nous en avons déjà retiré le bonheur de nous découvrir Rachel et moi. Comme quoi la pire des horreurs peut, malgré tout, engendrer quelque chose de bon.

J'ai eu, en plus, la chance d'avoir des parents exemplaires, ce que n'a pas eu Rachel. Elle n'avait pourtant qu'un seul handicap, celui d'être née avant moi. On ne saura jamais pourquoi elle n'a pas été abandonnée.

Rachel

Simon est parti. Nous n'avions pas beaucoup échangé comme si nous redoutions ce qu'allait dire l'autre. Lorsque je l'ai laissé sur le quai de la gare, j'ai senti qu'il aurait voulu se comporter autrement avec moi, me rassurer, me réconforter, mais qu'il n'y arrivait pas. Je le comprenais, j'étais exactement dans le même état d'esprit. C'était encore trop frais pour que nous ayons eu le temps de réagir de la bonne manière. Il m'a serrée longuement dans ses bras sans dire un mot. Je n'ai pas non plus trouvé les mots, j'étais aussi désarmée que lui.

Mon frère ! Je n'avais fait que trouver étrange ce sentiment que je ne nommais pas et que j'apprenais à connaître avec Simon. Comme tout ce qui vous est inconnu, il faut le temps pour en faire le tour, le découvrir petit à petit. C'était trop nouveau, trop dense, épuisant, trop fort. Lorsqu'on vit en permanence dans un désert affectif, on ne connaît rien des codes. Ce qui vous arrive et vous est imposé brutalement, on ne sait pas comment l'appréhender, le nommer. Maintenant que c'est acté, je peux y mettre un nom, amour fraternel, amour. Ça me fait tout drôle de penser ce mot, de le dire à haute voix. Ce qui est plus étrange encore c'est l'image que j'avais jusqu'ici des frères et sœurs qui se déchiraient, qui se jalousaient, qui se détestaient, avec Simon, rien de tout cela. Je le comprenais, j'avais envie d'être avec lui, de l'aimer. Je me souvenais aussi d'un autre mot que j'avais entendu : fusionnels ; c'est ça que je ressentais avec Simon, une impression de fusion, comme si nous n'étions qu'un seul être à nous deux. Je n'imaginais même pas entrer en conflit avec lui. Je découvrais que j'avais besoin de lui, de le savoir dans ma vie. Même quand nous étions loin l'un de l'autre, je savais qu'il était sur la même planète que moi.

Et toutes ces découvertes me laissaient anéantie.

Je suis retournée chez moi, retournée vers la solitude qui m'attendait. Je croyais m'y être habituée, pourtant l'absence de Simon était criante. J'ai repris le travail ; c'était une excellente échappatoire. Je devais prendre une décision au sujet de l'appartement de ma mère. Je n'avais aucune envie d'aller m'y installer, je préférais garder mon studio, même si je n'étais qu'en location et que je devais payer le loyer. J'étais chez moi. Il y avait aussi la somme d'argent trouvée dans le coffre à la banque. Pour éviter de penser, j'allais me concentrer sur les problèmes matériels.

Depuis une semaine que Simon était parti, il ne m'avait pas donné signe de vie. J'en souffrais, mais je l'excusais. J'étais inquiète pour lui. J'aurais pu l'appeler, appeler ses parents, je n'osais pas. Je ne voulais pas m'imposer. Il avait ses raisons et je savais qu'il me joindrait dès qu'il irait mieux.

Pour l'appartement, je me suis décidée à le mettre en vente. Encore fallait-il le vider ! Pour les meubles, j'en ferais don à une association à condition qu'ils viennent les chercher, je n'avais pas de quoi payer pour les faire évacuer. Je devais seulement trier les vêtements et tous les papiers. Ça allait prendre du temps et je n'avais que les samedis et dimanches.

Un samedi, alors que je cherchais les clés de l'appartement dans mon sac, un homme s'est avancé vers moi. Je l'ai reconnu sans peine, c'était l'homme de la photo, celle où il figurait avec ma mère.

- Mademoiselle Laval ?
- Oui, c'est moi !
- Je me présente, je suis Julien Meunier. Je suis un ami de votre mère, enfin… j'étais ! Je viens juste d'apprendre son décès. Croyez que je suis profondément touché.

IL avait dans la voix comme un sanglot refoulé. Je ne savais pas quoi lui dire. Je lui ai juste proposé :

- Voulez-vous monter ?

Il a acquiescé. Nous sommes montés, j'ouvrais la voie. Je l'ai fait asseoir au salon.

- Je suis désolée, je ne peux rien vous offrir j'ai déjà vidé tous les placards.
- Ça ne fait rien, merci.

Il ne semblait pas vouloir engager la conversation. Je commençais à me sentir mal à l'aise, je ne connaissais pas cet homme, c'était très dérangeant d'être assise en face de lui sans qu'il dise un mot. Et ce n'était pas moi qui pouvais lui faire la conversation. J'étais, malgré tout, obligée de dire quelque chose.

- Ainsi vous étiez un ami de ma mère !
- J'espérais être plus qu'un ami.

Ce n'était pas facile. Je me demandais si je voulais en savoir plus sur la vie privée de ma mère. Ce que je savais était déjà assez pour moi. Je ne pourrais pas supporter plus de mauvaises révélations. C'est alors que l'homme ouvrit les vannes.

- Je suis dans les télécommunications. Lors d'une mission dans l'établissement où travaillait Marjorie, j'ai fait sa rencontre. J'ai été immédiatement subjugué par elle. Il n'y a pas d'autres mots. Elle était si belle et si mystérieuse aussi. Elle n'avait rien des autres femmes. Elle ne riait jamais, parlait très peu et semblait porter la misère du monde sur ses épaules. Je suis tombé amoureux sans plus tarder. Elle était inaccessible. J'ai toujours été à l'aise avec les femmes, mais, devant elle, je perdais tous mes moyens. J'ai fait traîner la mission autant que j'ai pu sans pour autant pouvoir vraiment entrer en contact avec elle. Elle restait polie, aimable quand je lui adressais la parole, mais elle restait sur son quant-à-soi. Je savais que je n'avais aucune chance en brusquant les choses. Un mariage catastrophique et de malheureuses aventures m'avaient appris qu'il ne servait à rien de vouloir s'imposer. J'étais très malheureux. Ce qui m'attirait tant chez Marjorie jouait contre moi. Elle était indifférente à tout, même à moi. On aurait dit qu'elle vivait derrière une paroi de verre et qu'on ne pouvait jamais l'atteindre. La mission terminée, j'étais désespéré. Comment allais-je faire pour la revoir ? J'ai tenté le tout pour le tout, je n'avais plus rien à perdre. Je l'ai invitée à prendre un verre. À ma grande surprise, elle a accepté.

J'avais du mal à imaginer ma mère allant à un rendez-vous galant. Je sentais pourtant que ce Julien disait la vérité. Il me semblait honnête.

- Nous avons commencé à nous voir. Il n'y avait entre nous, du moins de son côté, qu'une sorte d'amitié. Elle était toujours aussi mystérieuse, parlant très peu d'elle, parlant très peu de tout. J'étais de plus en plus amoureux et malheureux, mais je me contentais de la voir et de passer du temps avec elle. Je n'osais pas aller plus loin, malgré l'envie qui me taraudait. J'aurais tant voulu la serrer dans mes bras, l'embrasser, c'était comme si elle barricadait son corps. J'aurais voulu chasser cette sempiternelle tristesse que je voyais dans ses yeux. Pourtant, elle avait l'air d'être bien avec moi. Elle ne refusait jamais une de mes invitations.

J'avoue qu'il m'est arrivé de ne plus vouloir la voir, je souffrais trop. Je savais que son attitude n'était pas que de la froideur, il y avait autre chose que je ne cernais pas. J'ai bien essayé de la faire parler, je n'y suis jamais arrivé.

Il y avait déjà plus de deux mois que nous nous voyions, je ne l'avais même pas embrassée. C'était un supplice. À chaque fois je me disais que j'oserais, qu'elle n'attendait peut-être que ça, mais quand j'étais prêt à le faire je n'avais qu'à regarder ses yeux. J'y voyais de la peur et même plus, je dirais de la détresse.

S'il savait, le pauvre homme, ce que ma mère lui cachait !

- Je n'en pouvais plus. À défaut de lui ouvrir les bras, j'ai décidé de lui ouvrir mon cœur. J'ai trouvé le courage de lui dire que c'était trop dur pour moi de la voir ainsi. Je ne pouvais plus continuer, je l'aimais et je voulais que l'on soit amants, sinon il valait mieux rompre cette relation qui ne nous menait à rien. Elle s'est mise à pleurer presque en silence comme si elle avait honte. Je n'osais plus ni parler ni bouger. Puis, sans rien dire, elle est venue vers moi et a posé ses lèvres sur les miennes. Je n'osais pas y croire. Ce que je vous raconte vous gêne peut-être. Dites-le-moi, je ne voudrais pas vous mettre dans l'embarras.

Mais avant que j'aie eu le temps de protester, il continuait. Il avait lu dans mon regard que je voulais en savoir plus. J'en savais tellement peu sur ma mère et ce que je savais était horrible. S'il parvenait à la faire revivre comme une femme heureuse que je la voie différente de celle que j'ai connue. Mon sentiment de regret de ne l'avoir jamais considérée comme une mère me serait pardonné.

- Nous sommes enfin devenus amants. Je ne vous donnerai pas de détails, mais sachez que c'était encore difficile. Heureusement, je l'aimais assez pour accepter la situation. J'étais heureux malgré tout. En ce qui la concernait, je n'en suis pas sûr, par moment elle en donnait l'impression, mais souvent elle repartait dans son obscurité.
Puis j'ai dû partir à l'étranger pour deux mois. Lorsque je lui en ai fait part, j'ai vu des larmes dans ses yeux, elle n'a rien dit, mais elle s'est accrochée à moi comme si elle se sentait en danger. J'ai cru qu'elle pensait que j'allais l'abandonner. J'ai tout fait pour la rassurer. Elle s'est reprise. Je n'étais pas tranquille de la laisser, je ne pouvais cependant pas faire autrement. J'appelais tous les soirs, je lui

parlais longuement jusqu'à ce fameux soir où elle n'a pas répondu. Les jours passaient et je tombais toujours sur le répondeur. J'étais fou d'angoisse. Je ne savais pas qui contacter, je ne lui connaissais pas de famille et je ne me souvenais plus du nom de la société où elle travaillait. Je vacillais entre l'angoisse qu'il ne lui soit arrivé quelque chose et la peur qu'elle ne veuille plus de moi. J'imaginais toutes ces choses en me disant que je ne connaissais presque rien d'elle. Je ne sais pas comment j'ai pu vivre jusqu'à la fin de ma mission.

La première chose que j'ai faite en rentrant en France c'est de rechercher les coordonnées de sa boîte et d'appeler. C'est là que j'ai appris la triste nouvelle. Je vous jure, mademoiselle, que j'aimais profondément votre mère et que j'aurais tout donné pour la rendre heureuse. Je devinais que ce serait difficile, qu'elle avait certainement vécu des choses très dures, mais je ne désespérais pas, avec beaucoup de patience, et j'en avais, d'y parvenir. Votre mère était une femme qui méritait qu'on passe sa vie à s'occuper d'elle. J'étais un peu plus âgé qu'elle, mais je pensais avoir encore assez de jeunesse pour qu'elle n'en soit pas gênée.

Et je vis cet homme se mettre à pleurer tout simplement sans faire preuve de honte ou de fierté mal placée. Il pleurait ma mère, ce que je n'avais même pas su faire.

Il n'avait fait que parler, sans faire vraiment attention à moi, comme s'il se parlait à lui-même. Il avait besoin d'une oreille et il était tout à sa douleur. Il s'est alors tourné vers moi.

- J'espère que je ne réveille pas votre peine qui a dû être immense, je suppose. En, apprenant le décès de votre mère, j'ai aussi appris votre existence. Elle ne m'avait jamais parlé de vous. Je ne voudrais pas non plus me mêler de ce qui ne me regarde pas. Vous n'avez qu'un mot à dire et je vous laisse. C'est déjà très gentil à vous de m'avoir écouté.

Cet homme me faisait vraiment de la peine. Un mois plus tôt, je ne l'aurais pas écouté, mais depuis que je savais pour ma mère, la vision que j'en avais était complètement bouleversée. Je comprenais très bien son attitude envers lui. J'étais aussi un peu soulagée de savoir que quelqu'un l'avait aimée. Elle avait eu un peu de bonheur dans sa triste vie, même si elle avait certainement eu du mal à l'accepter.

- Je vais vous raconter mon histoire et celle de ma mère aussi. Vous allez comprendre ce qui vous semblait si mystérieux chez elle. Et aussi pourquoi elle ne vous avait jamais parlé de moi. J'ai pu voir que vous étiez un homme honnête et sincère dans vos sentiments pour elle, vous avez le droit de savoir ce qu'elle vous a caché et pourquoi. Elle serait certainement d'accord pour que je vous révèle tout ça.
Il y a très peu de temps que je connais vraiment ma mère. À moi aussi, elle avait tu ce qu'elle avait vécu et ce qu'il lui avait fallu de volonté pour survivre. Nous n'avons connu tous deux que le côté blessé et non cicatrisé de ma mère.

Et je lui ai tout raconté, sa mort, la lettre de Simon, sa maladie, nos découvertes, nos recherches pour en savoir plus et enfin notre horrible découverte. J'ai parlé très longtemps. Par moments, j'étais obligée de m'arrêter, car je n'en pouvais plus. Il m'écoutait sans m'interrompre. De temps en temps, je voyais ses yeux se mouiller à nouveau. Quand j'ai eu fini, je pleurais moi aussi. Enfin, les premières larmes que je versais sur ma mère, sur Julien et sur moi.

Simon

Lorsque Rachel m'a appelée pour me parler de la visite de Julien Meunier, je n'ai pas été étonné. Je n'avais pas vécu avec Marjorie comme elle. Je trouvais tout à fait normal qu'elle ait eu une aventure avec cet homme. Elle avait bien mérité un peu de bonheur après tout le malheur qu'elle avait connu. Si toutefois elle avait eu du bonheur. Était-elle capable de ressentir du bonheur ? Je gardais l'image de la photo où elle apparaissait avec lui. Guère de trace de bonheur sur son visage. J'approuvais Rachel de lui avoir tout révélé sur le comportement étrange de notre mère envers lui. Il aura ainsi moins de regrets et pas de culpabilité. Que pouvait-il faire de plus pour cette femme détruite? Rachel lui avait proposé de rester en contact avec lui en souvenir de Marjorie. J'avais envie, moi aussi, de faire sa connaissance. Il a sans doute beaucoup à nous apprendre sur elle, même si elle ne s'est guère livrée.

Elle m'a dit aussi qu'elle avait trouvé les relevés bancaires de sa mère. Après vérifications, Marjorie recevait une somme fixe tous les mois. La somme n'était pas très importante, mais régulière. Elle provenait d'une banque de L'Oise. Les versements avaient cessé deux ans auparavant, date à laquelle madame Grandval était entrée à la maison de retraite après avoir perdu la tête. C'était sa mère qui lui envoyait de l'argent, certainement à l'insu de son mari. Ce qui expliquait pourquoi Marjorie ne voulait pas toucher à cet argent qui lui rappelait le désastre de sa vie. Elle le retirait de son compte et le mettait dans un coffre pour être sûre de ne pas l'utiliser dans la vie courante. Ça devait être très difficile pour elle, car seule avec un enfant à charge, elle avait dû tirer le diable par la queue plus souvent qu'à son tour. Elle devait aussi penser que cet argent reviendrait à Rachel quand elle ne serait plus là, en compensation de tout ce qu'elle n'avait pas pu faire pour elle. Elle n'avait pas eu le temps de lui en parler. On ne pense pas que l'on va mourir si jeune. Rachel ne veut pas non plus y toucher. C'est l'argent de la honte, dit-elle ; je lui conseille d'en faire don à une association caritative. Elle allait voir. Pour finir, elle m'a demandé comment j'allais. J'ai senti de l'anxiété dans sa voix. Je l'ai rassurée du mieux que j'ai pu. J'avais pu parler à mes parents qui avaient été remarquables. Ils ne m'avaient pas du tout considéré comme une victime, la victime c'était notre mère. Je devais faire mon possible pour rester droit dans ma vie. Ils étaient là pour m'aider si, par moments, je me sentais mal. La vie les avait mis sur mon chemin, ce n'était pas pour rien et j'avais eu de la chance de les trouver. Je devais garder ça en mémoire et remercier le ciel. Il ne servait à rien de me rendre la vie impossible à cause d'un homme qui n'avait rien d'humain. Il y avait assez de belles personnes sur terre pour que la vie vaille d'être vécue. Ça non plus, je ne devais pas l'oublier. Si j'avais les gènes de mon grand-père, j'avais eu aussi leur éducation. Ils m'avaient transmis leur sens des valeurs à moi de faire que cette éducation prime sur les gènes ; que l'acquis l'emporte sur l'inné.

Ils ont raison, je me sens un peu mieux. Je parviens même, par moments à oublier. Et quand je suis envahi par les pensées délétères, j'essaie de me souvenir que j'ai failli perdre la vie. Aussi noire que soit mon histoire, le fait d'avoir vu la mort en face me fait quand même lui trouver de l'intérêt. Il semble que j'ai vieilli précocement. Perdue l'insouciance d'avant la maladie et la connaissance de mes origines ! J'avais subitement envie d'avoir Rachel auprès de moi. Après mon retour, j'avais mis du temps avant de la rappeler. Je le regrettais à présent. J'avais été égoïste, replié sur ma douleur sans penser à elle. Pourtant c'était la seule personne à savoir ce que je ressentais vraiment.

Mes parents, toujours aussi prévenants, avaient tout de suite pensé à elle. Elle est si seule, disait ma mère, dis-lui de venir un peu par ici. Quand j'ai trouvé le courage de la rappeler, je le lui disais, mais elle répondait qu'elle avait beaucoup à faire avec la vente de l'appartement. Je supposais qu'elle était gênée de revoir mes parents maintenant qu'ils savaient. J'avais beau lui expliquer qu'elle n'avait rien à craindre ; ils étaient assez intelligents pour comprendre ce qu'elle voudrait exprimer ou non. Elle disait qu'elle avait besoin d'encore un peu de temps. Elle ne doutait pas de la bonne volonté de mes parents, elle redoutait seulement ses réactions à elle si peu habituée à ce qu'on prenne soin d'elle. Je sais qu'elle m'avait pardonné mon long silence, pour me rattraper, je lui téléphonais le plus souvent possible.

J'avais repris mon travail. J'avais besoin de penser à autre chose, mais je ne me sentais plus aussi efficace qu'avant ma maladie. J'avais encore besoin de temps pour me réadapter aux efforts continus. J'attendais les vacances scolaires pour redescendre à Nantes.

C'est alors qu'un événement inattendu vint se produire. Un matin à peine arrivé, je suis convoqué au bureau du proviseur adjoint. Dans ces cas-là, on ne se sent vraiment pas tranquille. Je connaissais l'homme, il avait été désolé quand il avait appris ma maladie et avait toujours pris de mes nouvelles. Cependant, je le savais aussi intraitable en ce qui concernait notre travail. Que pouvait-il avoir à me reprocher ? Il aurait pu me parler au détour d'un couloir ou dans la salle des profs. S'il me convoquait, c'était pour me faire des reproches. Avais-je été négligent, fautif vis-à-vis d'un élève ? J'avais beau laisser mes problèmes personnels à l'entrée du Lycée, j'avais peur qu'il en reste toujours un peu au fond de mon cerveau. Après avoir frappé à la porte tout en remarquant qu'elle était restée entrouverte, j'ai vu qu'il n'était pas seul. Une jeune femme était assise dans un des fauteuils visiteurs. Je ne connaissais pas cette personne. En fait, je ne savais plus très bien. Dire que la foudre m'avait frappé serait peu dire. Elle s'était retournée, avait posé les yeux sur moi, et moi je ne voyais plus rien complètement ébloui. C'est la voix du proviseur adjoint qui m'a fait revenir sur terre.

- Simon, asseyez-vous.

Je ne sais pas comment je me suis retrouvé assis, je n'avais plus aucune idée de ce que faisait mon corps.

- Je vous présente mademoiselle Garnier qui vient faire le remplacement de madame Gérard en congés de maladie. C'est son premier poste, elle est un peu inquiète aussi je lui ai proposé votre aide.

Je ne savais pas quoi répondre, mon cerveau était presque aussi vide que l'espace intergalactique.

- Vous n'avez pas tant d'ancienneté, mais justement, vous serez plus à même de comprendre ses inquiétudes et lui donner des conseils avisés. Mademoiselle Garnier, je vous confie à Simon.

M'est alors venue une idée folle : je voyais le proviseur adjoint comme un édile qui me donnait cette femme en mariage. J'ai bredouillé quelques mots d'acquiescement. Je n'avais plus qu'une envie, me retrouver en tête à tête avec elle. Je ne connaissais même pas son prénom. Lorsqu'elle s'est levée pour sortir, je me suis empressé de l'imiter et nous nous sommes retrouvés tous les deux dans le couloir. Je ne pouvais déjà plus la quitter des yeux.

- Je vous remercie de bien vouloir m'aider, je suis complètement perdue. Je n'aurais jamais dû me lancer dans cette aventure ; je ne suis peut-être pas faite pour enseigner.
- On est tous passés par là, ne vous en faites pas.

En fait, je n'ai plus aucun souvenir de mon premier jour, ce n'était pourtant pas si lointain, mais il y avait eu tant de bouleversements dans ma vie depuis, que j'en ai perdu la mémoire. Je devais trouver autre chose pour la rassurer.

- Vous avez l'air tellement à l'aise !

Si elle savait ! J'aime mon métier et j'ai à cœur de le faire bien, mais j'ai tellement d'autres préoccupations que de savoir si je suis à l'aise dans ce métier.

- Je fais semblant. Si on ne se remet plus en cause, on devient trop blasé pour être un bon professeur.

Tout en parlant, nous étions arrivés dans la salle des professeurs et nous n'étions plus seuls. J'aurais voulu chasser tous les collègues. On m'interpellait déjà.

- Simon, tu peux me passer le bouquin dont tu m'as parlé l'autre jour ?
- Salut, Simon, tu vas bien ? On est tellement heureux de te revoir en bonne santé !

Elle me regarde, paniquée.

- Mon Dieu, vous avez été malade ?
- Rien qu'un tout petit Lymphome !
- Un quoi ?

- Un petit cancer, mais à présent c'est fini. Je suis en pleine forme.

J'avais eu le temps de voir un éclair de peur dans ses yeux, c'était bien la dernière chose que j'avais envie de lui inspirer : la peur et encore moins la pitié.

- Je suis désolée.
- Ne le soyez pas. On pourrait peut-être se tutoyer, entre collègues. Moi c'est Simon, comme tu as pu l'entendre.
- Moi c'est Charlène.
- Alors, bienvenue parmi nous, Charlène. Je dois aller prendre mes élèves ; mais si tu veux, on pourrait aller déjeuner ensemble. Si tu es libre, bien entendu !
- Je suis libre.
- Alors, on se retrouve à midi.
- D'accord, à tout à l'heure, Simon.

Entendre mon prénom dans sa bouche a failli me provoquer une crise de tachycardie. Je me suis éloigné très vite, j'aurais été capable de l'embrasser, là devant tous les collègues. Je la connaissais depuis à peine un quart d'heure. Elle avait déjà envahi tout l'espace de ma vie. Jamais la matinée ne m'avait paru aussi longue. Je ne me reconnaissais plus.

Pendant tout le repas, tandis que nous nous racontions, je la dévorais des yeux sans même me demander si ça pouvait la gêner. Si c'était le cas, elle ne semblait pas le montrer. Au bout d'une heure, je connaissais presque tout sur elle. Effrontément, je lui avais posé toutes les questions qui me passaient par la tête. Sincèrement, elle y avait répondu. Je me suis soudain rendu compte qu'elle ne m'en avait posé que très peu. Avait-elle eu peur qu'on en arrive à parler de ma maladie? Ou alors, je ne lui en avais pas laissé le temps.

- Tu sais, je n'ai pas l'habitude d'être aussi curieux, j'avais seulement envie de mieux te connaître.

Je me suis arrêté à temps, j'allais lui dire : parce que je suis tombé amoureux de toi. Je l'aurais sans doute fait fuir à toutes jambes. J'avais quand même réussi à lui soutirer l'information principale : elle n'avait pas d'attache sentimentale. Quand il a fallu nous quitter pour aller reprendre le travail, j'avais l'impression qu'on m'arrachait le cœur. Je ne sais pas comment s'est passé le reste de la journée. Je n'avais qu'une seule hâte : rentrer à la maison pour téléphoner à Rachel. Il n'y avait qu'à elle que je pouvais raconter ce qui m'arrivait.

Rachel

Julien m'avait demandé s'il pouvait revenir me voir, je n'ai pas hésité à lui dire oui. Cet homme avait aimé ma mère, avait adouci ses derniers jours et j'avais immédiatement senti que c'était un homme bon qui avait souffert lui aussi. Nous nous sommes revus plusieurs fois, il m'a aidé à débarrasser l'appartement de Marjorie. Il était ému en voyant le peu de choses qu'elle avait. Il m'a demandé s'il pouvait prendre quelque chose en souvenir d'elle, il n'avait qu'à choisir. Il a pris sa lampe de chevet. « Quand je l'allumerai, je penserai toujours à elle », a-t-il dit. Nous parlions très souvent d'elle, partageant le peu que nous avons pu en connaître. Nous essayions de recomposer avec ce qu'elle nous avait laissé.

Un jour, Julien m'a proposé de m'emmener manger au restaurant. C'était un dimanche, il faisait beau.

- J'ai une surprise pour vous.

Je me demandais ce que pouvait bien être cette surprise, j'espérais seulement qu'elle serait agréable. On ne m'avait jamais fait de surprise.

Pour une surprise, c'était une surprise : Julien n'était pas seul, un grand jeune homme l'accompagnait.

- Rachel, je vous présente mon fils Raphaël.

J'aurais pu le deviner, ils se ressemblaient étrangement. Je me sentais gênée, comme je l'étais à chaque fois qu'une personne étrangère entrait dans ma vie. Avec Julien le courant était immédiatement passé, je redoutais ce que pourrait penser de moi cet inconnu. Je ne savais pas si Julien lui avait parlé de moi et de ma mère. Voyant mon air un peu troublé, Julien a essayé de me rassurer.

- Ne crains rien, Rachel, Raphaël ne te mangera pas.

Julien était très intuitif, il avait tout de suite compris mon malaise. Raphaël ne disait rien, il me regardait et je voyais de l'intérêt dans ses yeux, ce qui ne me rassurait pas du tout.

- Je suis heureux de faire votre connaissance, Rachel, mon père m'a beaucoup parlé de vous. Enfin, surtout de votre mère. Je suis désolé pour elle.

Que répondre ?

- Merci, c'est gentil.

Je me sentais gourde, incapable de trouver quelque chose d'intelligent à répondre.

- C'est bon les enfants, il est temps d'aller déjeuner. J'ai réservé, il est l'heure.

Julien s'est assis à côté de moi, Raphaël en face. Les deux hommes menaient la conversation. Puis, Raphaël s'est mis à me poser des questions. La panique me gagnait. Qui, à part Simon, s'était déjà intéressé à moi ? L'anxiété m'empêchait de répondre autre chose que des banalités. Pourtant quelque chose me disait que je pouvais faire confiance à ce garçon et j'aurais voulu surmonter mon désarroi pour paraître plus à mon avantage. Et parce qu'il y avait aussi, chez ce garçon quelque chose qui m'attirait. Raphaël ne s'attardait pas sur mes réponses évasives, il relançait la conversation pour m'aider. À la fin du repas, Julien m'avait fait boire un demi-verre de vin qui m'avait un peu détendue, je commençais à apprécier la compagnie de ces deux hommes. Je m'ouvrais un peu plus et je devais admettre que je trouvais Raphaël très séduisant. Trop séduisant, il n'était pas pour moi. J'ignorais si Julien lui avait parlé de mes origines, il n'avait certainement pas osé. Qu'il lui ait raconté l'inceste dont ma mère avait été victime, c'était possible, mais que j'en sois le fruit, je ne pensais pas qu'il soit allé jusque là. Moi, je serais bien incapable de le lui dire. C'était une tache indélébile que je devrais toujours cacher. Pourtant, je ne pourrais jamais avoir de relation sérieuse avec un homme en état de dissimulation d'une chose aussi grave. C'était insoluble. Je refusais donc cette attirance. Je ne lui semblais pas du tout indifférente, je devais donc être sur mes gardes. Ne rien lui laisser espérer, tout en n'étant pas impolie ou désagréable.

J'ai prétexté des choses importantes à faire pour les quitter à la sortie du restaurant. J'ai vu la déception du Julien et je n'ai pas voulu croiser le regard de Raphaël.

Le lendemain, Julien m'a téléphoné.

- Excuse-moi Rachel, je n'aurais pas dû t'imposer la présence de mon fils. J'ai vu que cela t'avait contrariée.
- Pas du tout, vous n'avez pas à vous excuser. Il est très bien votre fils. C'est que je suis toujours gênée en présence de personnes que je ne connais pas.
- Je suis heureux que tu le trouves bien. Lui n'a pas arrêté de me parler de toi pendant tout l'après-midi. Je suis certain que tu lui as plu.

Je ne m'attendais pas à ça. Je ne pouvais pas lui dire que je n'avais pas non plus cessé de penser à Raphaël malgré ce que je m'étais promis.

- Qu'est-ce qui ne va pas, Rachel ? Tu ne dis plus rien. Tu n'es pas obligée de revoir Raphaël si ça ne te plaît pas. Je voulais seulement faire se rencontrer deux personnes qui me sont chères. J'ai de l'affection pour toi en souvenir de ta mère que j'ai beaucoup aimée et j'adore mon fils. J'avais envie de passer du temps en votre compagnie à tous les deux.
- C'était très bien !
- Je sens pourtant de la réticence chez toi.

Il sentait très bien ce que je ne parvenais pas à exprimer.

- Rachel, tu peux tout me dire. Je ne te connais pas depuis longtemps, mais j'ai tout de suite eu envie de te considérer comme une fille d'adoption.

Je n'avais jamais eu personne à qui je pouvais tout dire. C'était très difficile, malgré l'affection que je commençais à porter à Julien.

- Je n'ai pas envie d'en parler au téléphone.

- Alors, viens chez moi, il n'est pas trop tard. Rassure-toi, Raphaël n'est pas là. À moins que tu n'aies peur de venir le soir chez un homme seul.
- Je sais me défendre, même si je sais très bien que ce ne serait pas la peine.
- Je te prépare à manger. Tu aimes les lasagnes ? C'est un plat que je maîtrise très bien.
- D'accord !
- Alors, à tout à l'heure.

Juste le temps de passer à l'épicerie acheter une bonne bouteille de vin et je sonne chez lui. C'est la première fois que je pénètre dans son appartement au troisième étage d'un immeuble récent. C'est un peu spartiate, mais lumineux. Plein est à cette heure où le soleil se couche on peut admirer la vue depuis le canapé de son salon.

Pendant que les lasagnes étaient au four, Julien avait ouvert la bouteille et nous avait servi un verre. Seulement un demi pour moi si peu habituée à l'alcool. Nous pouvions parler. Je ne savais pas par où commencer.

- Je ne voudrais pas que vous croyiez que j'ai quelque chose contre Raphaël…

- Je sais, j'ai assez vécu pour voir qu'il se passait quelque chose entre vous. Ça ne pouvait être que de l'attirance, dis-moi si je me trompe.
- Non, euh…
- Bon alors quel est le problème ? Qu'est-ce qui t'empêche de céder à cette attirance ? Vous n'êtes plus des enfants ! On ne te demande pas de l'épouser dans les semaines qui suivent, seulement de laisser une chance aux choses de se faire.
- Je ne peux pas !
- Et pourquoi donc ?
- Vous le savez très bien.
- Qu'est-ce que je sais ?
- D'où je viens, ce que je suis !
- Je ne comprends pas ?
- Je ne pourrai jamais dire à Raphaël d'où je viens ni que je suis la fille d'un monstre.
- Tu es une jeune femme très courageuse qui n'a pas eu de chance et il est grand temps que ça change.
- Que je sois la fille d'un monstre ne changera jamais.
- Est-ce ta faute ?
- Non, bien sûr !

- Il y a eu assez de ta mère pour en souffrir. Tu as droit à ta part de bonheur.
- Je ne sais pas.
- Moi, je te dis que si !
- Et si Raphaël, sachant tout ça, me trouvait une erreur de la nature et qu'il me rejette, je préfère ne pas me mettre à l'aimer pour souffrir après.
- Tu n'as pas besoin de lui dire.
- Et vivre dans le mensonge, lui dire que mon père était un homme bien, lui cacher la vérité, j'en serais incapable.
- C'est tout à ton honneur, je savais que tu étais une fille honnête. Si je te dis que tu n'as pas besoin de lui dire, c'est parce qu'il le sait déjà.
- Vous lui avez dit !
- Je ne pouvais pas deviner ce qui vous arriverait. C'était juste après que tu m'aies tout raconté. J'avais besoin de me confier à quelqu'un. Mon fils a toujours été mon confident depuis qu'il est en âge de l'être. Avant que je sache que ta maman était morte, quand je pensais qu'elle ne voulait plus de moi, je suis allé pleurer sur son épaule. Quand j'ai su tout ce qu'il y avait à savoir, je suis retourné tout lui raconter. Le jour où j'ai eu envie de vous faire vous

rencontrer, je ne pouvais pas imaginer que vous puissiez vous plaire. C'est un plaisir pour moi, soit dit en passant. Dès que tu es partie, il m'a avoué qu'il mourait d'envie de te revoir. Je connais mon fils, s'il a dit ça c'était que c'était sérieux. Ayant vu que tu ne semblais pas être dans les mêmes dispositions que lui, j'ai essayé de freiner ses élans. Je ne pense pas y être parvenu. Maintenant à toi de voir. Puisqu'il sait tout de toi et qu'il éprouve le besoin d'aller plus loin avec toi, je suppose que ça ne le dérange pas. Tu pourrais avoir une conversation avec lui sur ce sujet, tu verras ce qu'il peut en sortir.

Voilà, maintenant que les choses sont claires, allons manger mes lasagnes. Tu m'en diras des nouvelles.

J'étais de plus en plus perplexe. J'aurais tellement envie de revoir Raphaël. Mais je n'étais pas encore très rassurée. Il s'était peut-être emballé un peu trop vite. Il n'avait pas mesuré ce que ma naissance pouvait impliquer dans nos rapports. Pourtant, j'avais une furieuse envie de l'entendre dire que je me faisais des idées, qu'il n'en avait rien à faire de mon géniteur, que c'était moi qu'il voulait et non mon hérédité. J'étais partagée entre la peur et l'exaltation de mon premier amour. Je savais à présent que j'étais amoureuse de lui. Il y a des risques à courir dans la vie. Je n'étais pas kamikaze, mais j'avais une furieuse envie de connaître enfin le bonheur. J'ai mangé les lasagnes de bon appétit. Julien était aux petits soins pour moi. Qu'il serait doux de l'avoir comme beau-père. Il avait failli l'être en aimant ma mère, le destin prenait peut-être sa revanche en me donnant Raphaël.

Le lendemain, je recevais l'appel de Simon. La foudre avait frappé au même moment. Lorsque je l'ai senti aussi fébrile, je me suis affolée. Je le savais impulsif et pas toujours réfléchi, mais sa volubilité excessive n'était pas habituelle. Il était à la fois excité, triste, limite désespéré. Il ne me laissait pas en placer une. J'ai attendu patiemment qu'il soit épuisé, son débit ralentissait, pour le couper dans son élan. Il était temps de remettre de l'ordre dans cet afflux de nouvelles.

- Tu veux me dire que tu es tombé follement amoureux d'une fille que tu ne connais que depuis hier ?
- C'est tout à fait ça. Si tu savais comme elle est belle, gentille, intéressante ! Je n'avais encore

jamais vu une fille comme elle. Peut-être toi, mais tu es ma sœur.
- Tu ne t'emballes pas un peu trop vite ?
- Je ne sais pas. C'est ce que l'on appelle un coup de foudre et je te jure que ça secoue.
- Bon alors, tu lui as déclaré ta flamme ?
- Non, bien sûr !
- Pourquoi bien sûr ?
- Tu le sais très bien.

Si je le savais ! Je connaissais très bien les affres de cette situation depuis hier, moi aussi. Mais je ne voulais pas le troubler plus.

- Alors, que comptes-tu faire ?
- Je suis anéanti. Je n'ai pas dormi de la nuit. Tantôt, je me disais que j'avais droit à cet amour, qu'il suffisait que je me taise, mes parents n'en parleraient pas si je leur disais de se taire, ils seraient trop heureux de me voir heureux. Tantôt, je pensais que ce ne serait pas possible de garder pour moi ce secret. Je suis si malheureux, Rachel, il n'y a que toi qui puisses me comprendre.

Que pouvais-je bien lui répondre. Je n'avais aucune idée de ce qu'il devait faire. Je penchais toujours du côté de la franchise. Seulement c'était tellement injuste qu'il risque de perdre l'amour de sa vie pour une faute qu'il n'avait pas commise. Pouvais-je lui faire prendre ce risque. Il attendait de moi une solution et je n'en avais aucune à lui proposer. S'il se taisait, il ne serait jamais parfaitement heureux, s'il parlait, il pouvait tout perdre. Ne connaissant pas cette fille, je ne pouvais préjuger de sa réaction en entendant la vérité. Je ne pouvais que l'écouter et souffrir avec lui.

Nous avons parlé longtemps, retournant le problème dans tous les sens. Il a fini par admettre qu'il ne pouvait éviter de tout révéler à cette jeune femme. Elle prendrait la décision elle-même.

- Au moins, es-tu certain qu'elle pourrait être amoureuse de toi. Ce ne serait pas la peine de te mettre dans un tel état si elle ne répondait pas à tes avances.
- Je sens que je ne lui suis pas indifférent. On sent ces choses-là, non ?

J'espère qu'il était un peu moins tourmenté quand nous avons raccroché.

Simon

Je me sens minable ; j'ai appelé Rachel pour lui faire part de ce qui m'arrivait, je me suis plaint, j'ai déversé toute ma détresse sur elle et je n'ai même pas pensé à lui demander comment elle allait. Elle a été exactement ce que j'attendais d'elle : une grande sœur aimante et moi le pire des égoïstes. Je sais qu'elle ne m'en voudra pas, elle est tellement bonne. C'est pourquoi je me sens si coupable.

Ma mère n'a pas manqué de remarquer mon air absent.

- J'espère que tu ne te fatigues pas trop au travail. Tu as peut-être repris un peu trop tôt.

Je l'ai rassurée autant que j'ai pu ; elle n'a pas été dupe, une mère n'est jamais dupe, mais elle n'a pas insisté. J'ai attendu le lendemain pour rappeler Rachel.

- Alors, tu as pris une décision ?
- Non, je n'ai pas vu Charlène aujourd'hui, elle n'avait pas cours. Je voulais seulement m'excuser, hier je n'ai fait que parler de moi, je n'ai fait que me plaindre et je ne t'ai pas demandé une seule fois comment ça allait. J'espère que tu pourras me pardonner.

- Il n'y a rien à pardonner entre nous. Tu étais bouleversé et je suis toujours là pour toi. Tiens, puisque j'ai la chance de t'avoir à nouveau au téléphone, j'ai moi aussi quelque chose à te raconter.

Elle m'a fait le récit du repas avec Julien et son fils, ce qu'elle avait senti de son intérêt pour elle. Puis, son entrevue avec Julien. Au moins, pour elle, tout était clair. Le fils de Julien était au courant.

- Que penses-tu de tout ça ? m'a-t-elle demandé.
- Je pense que tu devrais faire confiance à ce jeune homme.
- Je ne sais pas. Je lui plais, je n'en doute pas, mais il n'a peut-être pas encore réalisé ce que mon histoire pourrait avoir comme répercussion sur notre vie. Je ne connais rien des hommes. Comment vais-je réagir si nous passons à l'étape supérieure? J'ai déjà tellement de mal à savoir comment me comporter avec des gens qui ne me sont pas liés affectivement. J'aurais du mal à me livrer, à laisser libre cours à mes sentiments.
- Tu le fais très bien avec moi !

- Ne compare pas, tu es mon frère, lui ne serait que mon compagnon.
- Mais tu l'aimes.
- Je ne sais pas encore très bien, l'amour et moi ça fait deux. Je ne sais pas très bien ce que cela veut dire. Je n'ai même jamais aimé ma mère.
- Je suis certain que tu es parfaitement capable d'aimer.
- J'ai quand même très peur.
- Oublie et fonce !
- Facile à dire ! Tu vois, nous en sommes là tous les deux. Pas plus courageux.
- Tu es la plus vieille, tu dois me montrer l'exemple.
- Bon, je vais voir ce que je peux faire.
- C'est si bon de t'entendre. Tu sais j'ai peur que si tu te mets avec ton Raphaël, tu ne trouves plus le temps de venir voir ton petit frère.
- Ne dis pas de bêtises, j'aurai toujours du temps pour toi.
- Je te prends au mot. Mes parents trouvent le temps long, ils ont hâte de te voir.
- J'y pense, promis. Je te laisse, je suis très fatiguée.

- Je sais l'amour, ça fatigue. N'oublie pas de me tenir au courant de la suite de ton histoire de cœur.

Je suis très heureux pour elle, je voudrais tant qu'elle mène la vie d'une jeune femme de son âge. Elle est tellement seule. Moi, j'ai mes amis, ma famille et je suis loin d'elle. J'espère seulement qu'elle ne va pas gâcher ses chances avec ce Raphaël, ce serait trop bête.

Longtemps, ce soir-là, j'ai réfléchi. J'avais tellement envie d'aimer Charlène. J'avais retrouvé la santé, un travail qui me passionnait, il ne me manquait que l'amour d'une femme. J'en avais tellement envie que je décidai tout à coup de me jeter à l'eau. Je ne pouvais pas passer le reste de ma vie dans cet état de victime et en même temps de coupable des crimes de mon géniteur. Je devais réagir, prendre le parti de la vie. Si je n'étais pas comme les autres, je ferais tout pour avoir une vie normale. Restait à savoir ce qu'en penserait Charlène. La peur était là qui me taraudait, pourtant je ne devais pas laisser passer ma chance. Dès demain je lui avouerais mes sentiments et lui révélerais tout sur moi. C'était encore un peu tôt, mais autant risquer le tout pour le tout avant qu'il ne soit trop tard.

Je me suis couché un peu rasséréné en pensant à Rachel qui vivait la même situation que moi.

Le lendemain matin, dès que j'ai vu Charlène arriver dans la cour, avant de me laisser le temps de la réflexion, je me suis précipité vers elle. Elle n'a pas paru très surprise, elle avait même un sourire engageant. J'avais l'estomac aussi noué qu'un cordage marin.

- Veux-tu déjeuner avec moi, j'ai des choses à te dire.
- Bonjour, Simon !
- Oui, excuse-moi, bonjour Charlène.
- Tu as l'air si pressé et si sérieux, ce n'est pas grave au moins ?
- Ne t'inquiète pas, c'est juste sérieux.

Je me sentais complètement idiot devant cette fille que je connaissais à peine lui assénant que j'avais quelque chose de sérieux à lui dire. Elle devait me prendre pour un drôle de type. Soit elle aime les drôles de types, soit elle est particulièrement curieuse, elle n'a pas hésité à accepter de déjeuner avec moi. Il restait le pire à affronter : comment allais-je m'y prendre ? Je me préparais des discours que je ne trouvais jamais bons. Je savais que quoi que j'envisage, quand je serais au pied du mur, j'aurais tout oublié. J'ai passé la matinée dans un épais brouillard. Je ne sais pas si mes élèves s'en sont aperçus. Le vendredi, ils se considèrent déjà en week-end, ils ne font pas attention à grand-chose et certainement pas aux états d'âme de leur professeur.

Le dernier cours terminé, je me suis précipité vers le restaurant convenu. Je voulais arriver avant elle pour avoir le temps de me préparer. Lorsque je l'ai vu arriver sur le pas de la porte, mon estomac est tombé dans mes baskets et je n'aurais pu avaler la moindre goutte d'eau. Elle était pimpante et gaie, prête à apprécier ce repas en ma compagnie. Ce qui ne me rassurait guère. Elle allait peut-être un peu moins apprécier ce que je m'apprêtais à lui révéler. Dans quelques instants ce serait l'euphorie ou la douche froide pour moi.

Je l'ai laissée s'asseoir, lui ai demandé si elle voulait boire quelque chose, ai commandé, et tout de suite ai attaqué. Elle ne m'a pas pris pour un fou, c'est un miracle. À toute vitesse, je lui ai déclaré ma flamme, lui ai raconté ma vie sans omettre la partie la plus noire, je lui ai fait part de mes doutes quant à l'idée qu'elle pourrait avoir de moi, de ma peur de la voir me rejeter quand elle saurait tout. J'ai déballé tout ce que j'avais sur le cœur tout en me traitant intérieurement de fou. Je parlais vite, trop vite, j'avais tellement hâte d'arriver au bout de ma tirade. Hâte de voir l'effet que mes paroles auraient sur elle. Je ne maîtrisais plus rien ; les mots sortaient de ma bouche sans que j'en aie vraiment conscience. Ce n'était plus moi qui parlais, c'était cette envie de vivre, cette envie de ne pas la perdre tout en le redoutant si fort. Je n'aurais jamais cru que j'étais capable d'une telle logorrhée. Tout en me démenant comme un diable pour extraire de ma pensée chancelante tout ce que j'avais à dire, je ne quittais pas Charlène des yeux m'attendant, à tout instant, à la voir se lever et partir en courant. Elle restait là, mais je ne parvenais pas à deviner l'effet que mon discours faisait sur elle.

Quand je suis resté sec, épuisé, un long silence s'est établi. J'étais terrorisé, je n'avais jamais ressenti un tel sentiment de désespoir. Mon cerveau tournait dans une spirale folle passant par tous les états. Elle n'était pas partie, était-ce bon signe ? Elle ne disait rien, à quoi devais-je m'attendre ? Son regard fixé sur moi était indéchiffrable, devais-je me préparer à souffrir ?

Elle a pris son temps, un temps interminable pour moi qui brûlais dans l'enfer de l'attente du verdict. Je ne respirais plus. Voyant que nous n'échangions plus, le serveur s'est approché pour prendre les commandes. J'ai bégayé quelque chose comme : le plat du jour, je ne savais même pas ce que c'était. Charlène a acquiescé, elle devait être dans le même état que moi. Quand le serveur nous a laissés, elle a pris la parole. J'étais suspendu à ses lèvres comme au bord d'un précipice.

- Tout ce que tu viens de me dire m'a bouleversée. Je suis très touchée de la confiance que tu m'as accordée pour me raconter tout ça…

J'attendais le « mais » qui n'allait pas tarder à arriver et qui mettrait fin à tous mes espoirs.

Il n'arriva pas !

- J'éprouve, moi aussi, une très grande attirance pour toi.

Ouf, je ne m'étais pas trompé, le courant ne passait pas en sens unique. Mais ce n'était pas encore gagné.

- Cependant, je ne suis pas aussi impulsive que toi. J'ai besoin de temps pour mesurer la profondeur de mes sentiments. Si tu acceptes de me laisser le temps de venir à mon rythme, nous pourrions aller loin ensemble.

J'étais prêt à lui laisser tout le temps qu'elle voulait si je sentais de l'espoir au bout.

- Pour ce qui est de tes craintes, quant à tes origines, sache que je te considère seulement comme une victime. Je ne me sentirai jamais le droit de te reprocher ce que tu n'as pas commis et encore moins de te juger sur ces critères. Tu viens de me prouver que tu étais un homme droit et honnête. Je ne demande qu'à faire la route avec toi.
- Et si tes parents ne pensaient pas comme toi ?
- S'ils m'ont éduquée en ce sens, c'est qu'ils pensent comme moi. On doit toujours apprendre à connaître avant de juger.

Je n'ai jamais dégusté une aussi bonne blanquette de veau, le plat du jour, que j'ai pourtant toujours détesté.

Rachel

Ça fait maintenant trois semaines que je sors avec Raphaël, nous n'avons pas parlé de mon histoire. Je sais qu'il sait et il sait que je sais qu'il sait. J'aurais voulu mettre tout sur la table ; mais je suis toujours incapable de parler de mon intimité. J'ai tellement été habituée à cacher mes sentiments que je ne sais pas les mettre en mots.

Il sent que je suis réticente à me laisser aller, il ne me force à rien et se contente de me manifester son amour sans me l'imposer. Je dirais qu'il m'apprivoise et il le fait très bien. Je découvre un monde de chaleur et de tendresse que je ne soupçonnais pas. Je me sens le centre d'intérêt de quelqu'un et ça me fait chaud au cœur. Je n'essaie même pas de me demander si ça va durer ; je ne veux pas le savoir. Nous nous retrouvons quelquefois avec Julien et c'est une nouvelle vie pour moi entourée de cet amour et de cette affection paternelle. Sans oublier Simon qui ne passe pas trois jours sans me joindre. Je me sens la plus heureuse des femmes. Il m'a fallu attendre jusqu'à l'âge de 25 ans pour connaître le bonheur d'être aimée.

Je sais que de son côté, Simon avance aussi la main de Charlène dans la sienne. Et ça ajoute encore à ma joie de vivre. Il me semble parfois sentir le souffle de notre mère passer au-dessus de nous. Si elle n'a pas su nous donner de l'amour maternel, ce n'était pas sa faute, elle ne savait pas aimer elle qui ne l'avait jamais été. Je pense qu'elle est tout de même responsable de cette famille qui gravite autour de moi. Elle m'a donné un frère, elle m'a fait connaître Julien et par conséquent Raphaël. Je lui suis tellement reconnaissante. Si le destin ne nous l'avait pas retirée aussitôt, je n'aurais jamais eu cette chance. C'est un peu comme si elle avait sacrifié sa vie pour que je puisse vivre la mienne. J'ai encore des moments de doute et de peur, mais je peux vivre avec. J'ai pris le parti de ne rien oublier, mais d'en faire une force pour avancer. Je souhaite seulement que Simon puisse en faire autant et que Charlène l'aide à le faire.

J'ai pris le temps d'écrire à notre tante. Maintenant que je vais bien, j'aurais plaisir à la revoir. Elle m'a renvoyé une lettre adorable dans laquelle elle se disait pleinement satisfaite de me voir m'épanouir en tant que femme et en me proposant de venir lui présenter Raphaël. Ce serait un peu comme le présenter à ma mère.

Nous avons décidé aussi, Simon et moi, d'organiser une grande réunion à Strasbourg le mois prochain. Nous monterons Julien Raphaël et moi chez ses parents. Moi qui étais si seule, je me retrouve avec une famille à rallonge. Je suis encore un peu effrayée par tout ça, mais la vie s'ouvre enfin devant moi.

Simon

La grande réunion familiale fut un très grand succès. Il ne manquait que les parents de Charlène qui vivent outre-mer et n'avaient pas pu venir. Ils avaient envoyé un message de regret et promis de se joindre à nous à leur prochain séjour en France.

Nous avons oublié pour un moment les horreurs du monde. Avec le profond sentiment d'être acceptés par ceux qui nous entouraient, nous nous sommes dit, Rachel et moi, que, quelle que soit la façon dont nous sommes arrivés sur terre, la vie était belle et valait d'être vécue.

Rachel

Il y a un an, maman est morte.

© Martine MARCK, 2024
Édition : BoD • Books on Demand GmbH, In de Tarpen 42, 22848 Norderstedt (Allemagne)
Impression : Libri Plureos GmbH, Friedensallee 273, 22763 Hamburg (Allemagne)
ISBN : 978-2-3225-5573-4
Dépôt légal : Août 2024